# 中國語言文字研究輯刊

二二編

許學仁 主編

第1冊

《二二編》總目

編輯部編

《說文解字》天文考
——以十三經與出土文物為比較範疇（上）

張育州 著

花木蘭文化事業有限公司

國家圖書館出版品預行編目資料

《說文解字》天文考——以十三經與出土文物為比較範疇（上）
／張育州 著 -- 初版 -- 新北市：花木蘭文化事業有限公司，
2022〔民111〕
目 4+154 面；21×29.7 公分
（中國語言文字研究輯刊 二二編；第 1 冊）
ISBN 978-986-518-827-6（精裝）
1.CST：說文解字 2.CST：天文學 3.CST：研究考訂
802.08 110022439

ISBN-978-986-518-827-6

中國語言文字研究輯刊
二二編 第一冊 ISBN：978-986-518-827-6

# 《說文解字》天文考
## ——以十三經與出土文物為比較範疇（上）

作　　者 張育州
主　　編 許學仁
總 編 輯 杜潔祥
副總編輯 楊嘉樂
編輯主任 許郁翎
編　　輯 張雅淋、潘玟靜、劉子瑄　美術編輯　陳逸婷
出　　版 花木蘭文化事業有限公司
發 行 人 高小娟
聯絡地址 235 新北市中和區中安街七二號十三樓
　　　　　電話：02-2923-1455／傳真：02-2923-1452
網　　址 http://www.huamulan.tw 信箱 service@huamulans.com
印　　刷 普羅文化出版廣告事業
初　　版 2022 年 3 月
定　　價 二二編 28 冊（精裝）　台幣 92,000 元　　版權所有・請勿翻印

# 《二二編》總目

編輯部編

# 《中國語言文字研究輯刊》
# 二二編　書目

少數民族語言文字研究專輯

# 《中國語言文字研究輯刊》二二編
# 各書作者簡介・提要・目次

## 第一、二冊　《說文解字》天文考——以十三經與出土文物為比較範疇

### 作者簡介

　　張育州，目前是中正大學中文所博士生，本書是筆者的碩士學位論文。由於筆者觀察到目前現行中國古代天文學相關研究書目，內容多是由《左傳》、《史記》等傳世文獻構成，對於出土文物研究的成果，似乎尚未能增添入書中。基於這個原因，筆者嘗試透過《說文》中記載的「天文用字」實驗性的想涵容兩者，這即是撰寫本書的緣由。最後，感謝指導教授黃師靜吟，在撰寫期間給予學生的指導，給予筆者一個「驗證」的機會，完成本書。

### 提　要

　　現代天文學史多數是從傳世文獻而來的說法，再者天文學史中證據和資料過少，其中又以上古天文學史更是缺乏，難以說服人；且天文學史中僅就天文說明，未能了解各字的真正使用情形，猶如天文用字本身僅只用為天文義，而未有其他意涵。此外證據過少這點也令人無奈，由於證據過少則未能有更多的討論空間。本文認為與其如此，倒不如回歸文字本身，從文字出發尋找相關證據，以補足現代天文學史證據的不足。

　　肇因於此，本文由《說文》原文與段玉裁、徐鍇的注解中蒐羅天文用字，並以此為基礎，考釋各字字義，接著從出土文物、傳世文獻等蒐集各字詞例。將《說文》說法與出土文物、十三經三者並置，接著確認含有天文義的詞例數，製成比例圖，同時分析各自的關係，藉此以期能稍稍理解古代天文義使用情況。

# 目　次

## 上　冊

## 下　冊

# 第三、四冊　漢語顏色詞的生成與發展——以重疊式顏色詞為中心

## 作者簡介

沈相淳，韓國忠清南道天安市人。韓國順天鄉大學和南首爾大學講師。1995年考入韓國培材大學中國學系；2007年獲韓國順天鄉大學中國語教育學碩士學位；2013～2017年在中國南開大學文學院攻讀博士並獲得博士學位。曾受聘為中國天津外國語大學濱海外事學院韓語系外教。主要研究領域為歷史語言學、應用語言學、漢語詞彙、語義語法學。博士在學期間發表《漢語顏色詞「白」的生成與發展初探》、《漢語顏色詞的詞彙生動化及其功能》和《從鏡象機制角度看的漢語造詞法——以感覺詞為中心》。

## 提　要

本文是關於漢語重疊式顏色詞的生成與發展的研究，以西周至晚清不同歷史時段代表性文獻為語料，採用語音、語義、語法、句法、語用五個平面相結合，共時與歷時相結合，句法場分析、統計分析與全面描寫相結合等研究方法，對漢語重疊式顏色詞的生成與發展進行了系統的研究，考察了漢語雙音顏色詞與重疊式顏色詞的有機關係、漢語顏色詞的原生重疊與後生重疊的有機關係、漢語重疊式顏色詞的產生路徑、漢語重疊式顏色詞的生成與發展的動因，探討了漢語重疊式顏色詞的生成與發展的機制，尋求了漢語重疊式顏色詞生成與發展的規律，描寫了漢語重疊式顏色詞的生成與發展的共時狀況與歷時面貌。

本文的研究意義與價值在於，釐清了眾多有關顏色詞重疊式的來龍去脈，以有助於全面認識理解漢語重疊式顏色詞的演化脈絡。在前賢的豐碩成果的基礎上，我們能夠發現漢語顏色詞的演變現象，即句法結構的詞彙化、音節的複音化、實詞的語法化和詞彙的生動化，受益匪淺。此外，重疊式顏色詞中的方言口語音變給我們很好地說明詞彙擴散的動態現象，即 ABB 式轉化為 ABC 式的形態變化反映詞彙擴散過程。在不同語境裏不斷產生和變化的語境義與由此伴隨的結構變化呈現顏色詞的演變產生了一個語言的複雜適應系統。

## 目　次

### 上　冊

# 第五冊　從《紅樓夢》異文看明清常用詞的歷時演變和地域分佈

## 作者簡介

　　劉寶霞，1980 年 12 月出生，山東膠南人，文學博士。研究方向：漢語詞彙史。主要研究成果：《近代漢語「丟棄」義動詞的歷時發展和南北分布》《古漢語研究》，2013 年第 2 期）、《程高本紅樓夢異文與詞彙研究》（《紅樓夢學刊》2012 年第 3 期）。

## 提　要

　　常用詞的研究是漢語詞彙史研究的重要內容。近代漢語和現代漢語聯繫最為緊密，近代漢語常用詞的演變研究有利於探討現代漢語常用詞面貌的形成，有助於建立更為完整的漢語詞彙史。本研究將程甲、乙本《紅樓夢》異文（前八十回）所體現的詞彙和句法現象分類列出，以詞彙異文為線索，選取「丟—摺（料、撩、掉）、扔」「讀—念」「撞（見）—碰（見）」「迎—接」「理—睬」「商議—商量」「記掛—惦記」等七組常用動詞，利用定量和定性的方法，考察其產生、發展及更替情況，並通過其在近代漢語文獻中的使用情況，結合現代漢語方言，對這些詞的地域分布進行了初步探討。其中，「丟—摺（料、撩、掉）、扔」「讀—念」與「撞（見）—碰（見）」「迎—接」「理—睬」情況稍有不同：前者所考察詞條的組內成員是同義詞，從穩定開始就各自獨立，展開競爭，最終有一位成員勝出，成為通語；後者所考察詞條的組內成員都經歷了合成為並列複合詞的過程，「碰撞」「迎接」「理睬」作為並列式複合詞仍見於現代漢語書面語，在漫長的詞彙發展過程中，單音詞「碰（見）」「接」「理」在通語中繼續使用，與之相應的「撞（見）」「迎」「採（睬）」則存留在部分方言中。本研究還對兩組常用雙音詞進行了考察。

## 目　次

## 第六冊　古漢語常用詞研究論文集

**作者簡介**

　　楊鳳仙，女，教授，吉林德惠人。北京師範大學漢語文字學專業博士畢業。現任教於中國政法大學人文學院中文系。出版各種著作和教材 8 部，先後在國內外學術刊物上發表論文 50 餘篇，如《古漢語研究》、《中國政法大學學報》、《勵耘學刊》、《華夏文化論壇》、《慶熙大學學報》（韓國）等，其中《試論上古介詞「於」用法的演變──兼談「V+N2+N1」的歸類》被人大複印資料全文轉載。研究方向：訓詁學、文字學，重點關注常用詞研究。

**提　要**

　　本書主要涉及古漢語常用詞的研究，尤其是「言說類」動詞的研究。從「言

說類」動詞語義場研究及其相關理論的思考，到「告訴類」「問類」「說話類」「欺騙類」等語義場的具體研究，詳細考察這些成員在上古文獻的使用情況，做義位歸納和義素分析，探求共時語義特徵的異同並考察歷時詞義演變和詞彙興替，總結各個語義場之特徵以及言說類動詞詞義演變之規律。

不但在聚合關係中研究詞義，也在組合關係中分析常用詞的演變。常用詞「問」的演變問題，其「詢問」義位古今基本未變，但在不同歷史時期其組合關係卻發生變化，由上古前期的介詞引進非代詞充當的關係對象逐漸演變到上古後期基本無需介詞引進。我們還以「問」（詢問）、「告」（告訴）等為例來探討介詞「於」在上古的發展變化及相關問題。

常用詞研究對辭書編纂提供幫助。通過對上古時期常用詞「肉」與「肌」的對比研究，我們發現《漢語大詞典》等辭書中列舉的義項「人的肉」，是把文意訓釋當成了詞義訓釋，常用詞「肉」義項處理不當。我們還通過常用詞研究，以一些「言說類」動詞的義項劃分為例說明義項劃分應注意的問題。

本書也涉及古文字研究，關於楚文字中的「易」字及「易」聲字問題，以及對《漢語大字典》「幸」字條目疑誤指瑕。

## 目 次

## 第七冊　《集韻》增收叶韻字字音研究

### 作者簡介

　　康欣瑜，高雄人。畢業於輔仁大學中國文學系、中國文學研究所碩士班。研究所期間，致力於聲韻學研究。現為國中教師。

### 提　要

　　我國最早的韻書為曹魏李登《聲類》，至隋代陸法言《切韻》：「因論南北是非，古今通塞」、「遂取諸家音韻」可謂是集六朝韻書大成之作。宋代陳彭年、丘雍奉敕編纂《大宋重修廣韻》，為第一部官修韻書；同時代的《集韻》，收字遠超出《廣韻》二萬多字，其中多為異體字形，一字多音的現象十分明顯，尤其是收錄了部份未見於前代韻書的叶韻音。

　　現存的叶韻資料最早可推源自陸德明《經典釋文》，至宋代的吳棫及朱熹，開始大量用叶韻注音，以改讀的方式，解決了讀古韻語卻不押韻的問題，在此之前《集韻》已收錄叶韻音，但歷來學者多略而不談。欲探討《集韻》增收的叶韻字字音，需先掌握重要的叶韻音資料，其來源有三方面：一、唐代與唐以前的叶韻音資料：陸德明《經典釋文》、釋道騫《楚辭音》、顏師古注《漢書》、李賢注《後漢書》、李善注《文選》、公孫羅《文選音決》與張守節、司馬貞注《史記》等，均曾使用「協韻」、「協句」、「合韻」等名詞，注解他們所認為的叶韻音。二、唐以後至清代的叶韻音資料：如：宋代吳棫《韻補》、朱熹《詩經集傳》、《楚辭集傳》的叶音注解，至清代官修韻書《欽定叶韻彙輯》，可謂是叶韻音的集大成之作，故以《欽定叶韻彙輯》為此時主要的資料來源。三、今人的研究成果：邵榮芬、邱棨鐊與張民權，均曾在其著作中提到《集韻》「諄」韻的「天、顛、田、年」四字音讀為叶韻音，這項研究成果已成共識。

　　而《集韻》與叶韻音的關係，可從先儒所論及之叶韻字音、《集韻》與先儒改讀的叶韻音，和《集韻》收錄叶韻音的兩種類型來說明。前二者最主要是以表格的方式呈現，再者說明《集韻》收錄叶韻音的兩種類型：一、具有破音讀法的叶韻字。也就是本來就存在的兩個音讀，《廣韻》已經收錄此二音，但是為了配合上下文一致的用韻現象，改讀成其中一個破音讀法，然而這類因用韻需

要而改讀的例子，非論文所討論《集韻》「增收」的叶韻字字音，故不取。二、不同於破音讀法的叶韻音，凡是《廣韻》未收錄、《集韻》增收的音讀，主要是為了配合押韻而新增收的改讀音，便是論文所探討的範圍。

辨別《集韻》增收叶韻音的方法，可由《欽定叶韻彙輯》引《集韻》，《集韻》引《詩經》，《韻補》所補的叶韻音，今人的研究共識，與自己找出的叶韻音五個面向，說明本文取捨《集韻》叶韻字音的標準；而《集韻》增收叶韻字音的考證，採先分調、再分韻的方式，先依平、上、去、入四個聲調，再據《廣韻》二○六韻之次排列。

本文找出《集韻》所增收的部分叶韻字音，而吳棫與朱熹大量使用叶韻注音，應該都是受到《集韻》的影響；《集韻》增收的叶韻字音，並不屬於語音系統的範疇，如果研究《切韻》音系或宋代音系，叶韻字音將使語音系統產生混淆，故須加以釐清。

## 目　次

# 第八冊　明代戲曲用韻與清代官話語音研究

## 作者簡介

　　彭靜，1971 年 9 月生，江蘇省徐州市沛縣人，2004 年畢業於徐州師範大學（現江蘇師範大學）語言研究所漢語言文字學專業，獲文學碩士學位，2008 年畢業於北京大學中文系漢語史專業，獲文學博士學位，現為韓國梨花女子大學中文系助教授，長期在韓國從事漢語教學與研究工作，主要研究興趣為音韻學、現代漢語語法、對外漢語教學等。

## 提　要

　　本書集收錄明代戲曲用韻論文六篇及清代官話音研究論文八篇。

　　明代戲曲用韻的六篇論文，前四篇論文通過對明末蘇州傳奇曲家梁辰魚、張鳳翼、顧大典、許自昌傳世戲曲作品用韻情況的考察研究，討論了這四位明末蘇州曲家的用韻特點以及他們用韻中所反映出來的當時的蘇州話的語音特點；第五篇通過對蘭茂戲曲《性天風月通玄記》用韻的考察，討論了蘭茂戲曲用韻的特點及其用韻所反映出來的五百年前雲南方言的語音特點；最後一篇通過對明末有名的「貳臣」阮大鋮四部傳世戲曲用韻的考察，討論了阮氏戲曲用韻的特點及其用韻所反映出來的明末北京話讀書音的一些特點。

　　清代官話語音研究的八篇論文，前三篇通過對清代後期官話課本《正音咀華》的聲母、聲調及音系基礎的考察研究，討論了《正音咀華》列於表面的語音系統和通過「硃注」等方式反映出來的實際的語音系統，提出了和前輩學者不同的觀點；中間三篇論文通過對清代後期漢語官話課本及西方傳教士漢語官話學習資料的分析，探討了清代後期官話音學習材料中的入聲問題、微母問題以及「兒」系列字的讀音問題；最後兩篇論文通過對清末南京官話課本《正音新纂》聲母系統和韻母系統的考察，討論了一百多年前南京官話聲母系統和韻母系統的特點。

## 目　次

# 第九冊　楚國文字構形演變研究（修訂本）

## 作者簡介

　　林清源，1960 年生，臺灣彰化人。1979 年考入淡江大學中文系，1981 年轉

學東海大學中文系，於東海大學求學期間，先後獲頒學士、碩士、博士學位。歷任中臺醫專共同科講師、中央研究院歷史語言研究所研究助理、暨南國際大學中文系副教授，現職中興大學中文系榮譽特聘教授，服務中興大學期間，曾兼任通識教育中心主任、文學院院長。長期從事商周青銅器銘文、戰國秦漢簡牘帛書、古文字構形演變、傳鈔古文構形疏證等課題之研究，著有《兩周青銅句兵銘文彙考》、《楚國文字構形演變研究》、《簡牘帛書標題格式研究》等書，並陸續於國內、外重要期刊發表論文四十餘篇。

## 提　要

本書聚焦於楚國文字構形演變現象之考察，不包括楚系其他國家文字在內。第一章簡介楚國金文書體風格演變歷程，以及楚國文字所見隸變現象。第二至第四章分別從簡化、繁化、變異三個面向切入，談同一個字各種異體因時間推移而產生的構形變化。第五章再由類化、別嫌二個面向切入，談字際互動對文字構形演變產生的影響。這四章末尾各有一個專節，嘗試運用歸納所得的構形演變條例，針對有爭議的楚國文字考釋問題提出個人看法。第六章「構形演變的時代特徵」，全面考察十八個楚國常用字的各式構形，從中篩選出形成年代明確的新構形，再仿效「標準器斷代法」的觀念，進一步運用那些「標準構形」，來為包括欒書缶在內八件鑄造背景不詳的傳世器，進行分域、斷代與銘文釋讀等攻堅任務。書末附錄有兩個資料表，一是「楚國金文與簡帛資料分期簡表」，另一是「疑似楚國金文資料分期簡表」，並擇要說明所收資料涉及的分域、斷代、辨偽等問題。此次修訂，主要為錯誤訂正、文字潤飾、摹文更換成截圖等項，內容基本維持不變。

## 目　次

# 第十冊　上博楚簡字詞新證

## 作者簡介

　　楊奉聯，1985 年生，山東濟寧人，文學博士，中國計量大學人文與外語學院國際文化傳播系教師。研究領域為出土文獻文字、詞彙、語法。2010 年入浙江大學學習漢語史，後繼續攻讀博士學位，系統學習甲骨文、青銅器銘文和簡帛文字，並以上博楚簡為研究對象撰寫博士論文。畢業後就職中國計量大學，教授古代漢語和語言學。

## 提　要

　　上博楚簡自 2001 年開始公布，相關研究已經走過了 20 多個年頭，每一冊新材料的公布，都會在學界引發研究熱潮，研究者從竹簡編聯、字形隸定、詞義考釋等角度入手，逐漸過渡到歷史、哲學、思想、文學等領域，並將出土文獻與傳世文獻研究結合起來，取得了豐碩的成果。但由於上博楚簡材料本身的複雜性，以及研究者專業背景不同，思維角度和研究方法各異，導致上博楚簡中存在大量眾說紛紜的疑難問題和習焉不察的常用詞問題。近年來新出簡帛材料陸續問世，多學科交叉融合，為上博簡中爭議問題的解決提供了新的材料和思路。本書在已有研究成果的基礎上，結合傳世文獻和新出土的楚簡材料，從語言學的角度入手，對上博楚簡中有爭議的字詞問題進行研究，提出自己新的見解。

　　根據材料的性質，本書研究成果分為事語類文獻、禮記類文獻和楚辭、卜書類文獻三大部分。由於上博楚簡中事語類文獻和禮記類文獻數量較大，研究成果相對較多，在章節設置時，事語類和禮記類均分上下兩章。本文共計六章。第一章緒論，盡可能系統完備地介紹戰國楚簡，特別是上博楚簡的研究現狀，並結合例證總結出研究方法。第二章和第三章為事語類文獻字詞新證。上博楚簡的事語類文獻，所涉及的絕大部分是楚國故事，也有兩篇齊國

故事。本書結合傳世的事語類文獻進行研究，該部分的字詞考釋成果較為豐富。第四章和第五章為禮記類文獻字詞新證。該部分文獻題材近似於《禮記》，多講儒家思想和孔子及弟子言行，本書將結合傳世儒家文獻進行研究。第六章為楚辭、卜書類文獻，這部分重點是結合楚辭類文獻《凡物流形》探討疑問代詞「奚」與《凡物流形》之《問物》的起源地域問題，經過對傳世和出土的楚國文獻和齊魯文獻對比考察，初步確定疑問代詞「奚」與《問物》起源於春秋晚期的齊魯地區。

## 目　次

## 第十一冊　戰國楚系簡帛文字部件增繁研究

### 作者簡介

陳厚任，台中市豐原人，現為中正大學中文所博士候選人，中正大學中文系、台灣體育大學通識中心兼任講師，主要研究領域為古文字學、出土文獻，發表有《戰國楚系簡帛文字部件增繁研究》、〈《上博（八）顏淵問於孔子》析論〉、〈「用飲元駐乘馬匜」再探——兼論匜器諸點〉、〈清華大學藏戰國竹簡（捌）《邦家處位》劄記三則〉等學術論文。

### 提　要

簡帛文字指書寫於竹簡或縑帛上之文字，戰國楚系竹簡因出土數量豐富，總字數已超過 10 萬字，較其他系別文字材料而言相對豐富，故成為研究戰國文字之重要材料。

戰國文字中常可見文字形體增繁情形，並可依方式區分為筆畫及部件兩種。筆畫增繁多為追求構形之對稱或裝飾所增，對文字解讀影響較小，然部件增繁之使用情形及其目的，雖已見於前人討論，但仍未見以單一系別進行全面性的觀察及研究。故本文以楚系簡帛文字為觀察對象，以歷時、共時，及各種

不同載體、系別之文字材料對比，分析其在簡帛文例中的使用，解讀增繁部件的書寫意義。

　　透過全面性的探討楚系簡帛文字中部件增繁的使用情形，就漢字構形演變的角度觀看其代表意義，以期對於戰國文字中的部件增繁有更深入的了解。

# 目　次

# 第十二至十六冊　秦簡書體文字研究

## 作者簡介

　　葉書珊，女，臺灣臺南市人。2020 年畢業於國立中正大學中國文學系，獲文學博士學位。曾任教於樹人醫護管理專科學校，現任國立臺南大學通識國文兼任助理教授、國立嘉義大學通識國文兼任助理教授、國立中正大學通識國文兼任助理教授。從事文字學、訓詁學、出土文獻的研究；講授通識國文、應用文等課程。著有《里耶秦簡（壹）文字研究》、《秦簡書體文字研究》、〈嶽麓秦簡「傷」字辨析〉、〈秦簡訛變字「鄉」辨析〉、〈古器物──豆、籩、登之研究〉、〈先秦宦官起源考察〉、〈里耶秦簡「當論＝」釋義〉、〈從出土文獻探討高本漢《漢語詞類》的同源詞〉、〈嶽麓秦簡「君子＝」釋義〉、〈浙江大學藏戰國楚簡真偽研究〉、〈不其簋器蓋組合研究〉、〈商周圖形文字研究──以職官聯係為討論核心〉等學術著作。並且榮獲中研院歷史語言研究所 2018、2019 年「文字學門獎助博士生計畫」。

## 提　要

　　秦始皇統一天下，採用李斯的建議「罷其不與秦文合者」，使用秦文字成為統一的文字，也成為中國文字發展的一個重要轉捩點。秦簡文字近年出土數量豐富，古文字學的進展迅速，卻少見對於秦簡文字全面的研究，若能以綜觀角度進行分析，應可以呈顯秦簡材料的寶貴價值。

　　秦簡中可觀察到小篆、隸書、草書的寫法，透過秦簡與同時代的文字相互比較，能夠認識各地域文字的書寫差異，以及展現秦簡文字特色。再者，文字演變的過程，往往由於書手赴急心理，造成寫錯字的狀況，於秦簡文字表現尤為明顯，針對具有代表性的誤釋字提出來加以考察，可以梳理簡牘文字錯亂的現象。因此，本文主要以「書體」為討論核心，釐清秦簡文字的書寫情形，以期更暸解戰國秦國至秦代的文字演變脈絡。

## 目　次

### 第一冊

# 第十七至二一冊　《清華大學藏戰國竹簡（肆）～（柒）》字根研究

## 作者簡介

范天培：北京師範大學文學學士，臺灣師範大學文學碩士，美國加州大學洛杉磯分校公費訪問學者。曾獲「林尹先生紀念獎學金」、「北京市高校人文知識競賽二等獎」、「王惕吾新聞獎學金」、「北京師範大學優秀科研基金項目」等獎項。研究興趣為古典文獻與文字訓詁等領域，發表論文數篇。

## 提　要

2013 年至 2017 年，清華大學出土文獻研究與保護中心陸續整理出版了四輯戰國楚竹書，即《清華簡》第肆輯至《清華簡》第柒輯。這四輯楚簡內容涉及經學、史學、思想、術數等多個研究領域，學術價值極高。

李學勤曾指出：「出土文獻的研究工作最基礎的還是考釋文字……不能正確考釋文字，建立的推論恐怕很危險。」為此，本文希望採取字根分析的研究方法，對《清華簡（肆）》至《清華簡（柒）》四輯楚簡中的字形進行逐一分析。一方面，通過結合傳世典籍來加深簡文內容的理解；另一方面，則結合唐蘭提出的「偏旁分析法」與「歷史考證法」，熟悉簡文字形。在這兩方面研究的基礎上，本文希望能夠在文字考釋與構形研究上有所創獲。

本書分為三章。第一章為緒論，內容分為三小節。第一節介紹本文的研究緣起與研究範圍等。第二節回顧前人字根研究成果、介紹本文所進行的調整。第三節為本文的研究步驟和研究方法。第二章為字根分析。本文將四輯《清華簡》中出現的字形進行逐一拆解分析，並歸入各個字根之下。字根的分類與排序，參考唐蘭「自然分類法」和陳嘉凌、王瑜楨、駱珍伊三人論文的研究成果。第三章為本文的結論部分，主要包括四則釋字成果。

## 目　次

### 第一冊

凡　例

字根索引

## 第二二至二四冊 《清華大學藏戰國竹簡（柒）·越公其事》考釋

### 作者簡介

　　江秋貞，國立臺灣師範大學國文教學碩士、國文學系博士，現任中學國文教師。碩士論文《《上海博物館藏戰國楚竹書（七）·武王踐阼》研究》、博士論文《清華大學藏戰國竹簡（柒）·越公其事》考釋》，著有多篇單篇論文，對古文字很有興趣，研究專長：文字學、戰國文字、楚簡。

### 提　要

　　《越公其事》是《清華大學藏戰國竹簡（柒）》中最長的一篇。竹簡的首尾兩章殘損較嚴重外，其他大致保存良好。全篇綴聯後共有 75 支簡，文義完整。《越公其事》講述的是春秋時期，吳越兩國爭霸史中句踐滅吳復國的故事，從句踐兵敗，委曲求和開始，再到他實行五政之律，讓人民休養生息、足農足食、好信修征、充實兵利和整飭刑罰等一連串勵精圖治的措施後，越王見民氣可用，積極整軍求戰，最後描寫越軍攻入吳都反噬滅吳為止。《越公其事》所敘述的內容和今本《國語·吳語》、《國語·越語》密切相關。其故事架構都是越勝吳敗，唯一不同的是：《越公其事》大篇幅地描述了越王實行「五政之律」，著重句踐雷厲風行的施政措施後，才得以滅吳復國。本書第一章為「竹簡形制和章節」。第二章為「簡文考釋」。《越公其事》原考釋者整理出十一章，筆者為了方便讀者閱讀，將這十一章內容依主旨分為三節：一、「越敗復吳」，包括《越公其事》的第一到四章；二、「五政之律」，包括《越公其事》的第五到九章；三、「越勝吳亡」，包括《越公其事》的第十、十一章。第三章為「釋文和語譯」。筆者希望透過對《越公其事》的分析和考釋，讓我們對戰國文字和戰國時期吳越歷史有更多的了解。

### 目　次

**上　冊**

凡　例

# 第二五至二七冊　清華簡中鄭國事類簡集釋及其相關問題研究

## 作者簡介

　　鄭榆家，一九八零年生於台灣高雄市。高雄師範大學碩士、東華大學博士。現任國中國文科教師。曾發表論文：〈清華簡柒晉文公入於晉探析〉、〈由甲骨文探究商朝之刑罰〉、《東周曾國青銅器銘文研究》。

## 提　要

　　本論文共分七章，第一章為緒論說明研究動機、目的、方法及步驟並對相關文獻做探討。第二章至第五章分別對〈鄭武夫人規孺子〉、〈鄭文公問太伯〉、〈子產〉、〈良臣〉等各篇做簡介，並收集各家對簡文之解釋最後提出己見，而各章之第三節則為釋文、翻譯。第六章乃清華簡鄭國事類簡相關問題之研究，內容有：先秦喪禮及〈鄭武夫人規孺子〉之喪葬相關用詞、〈鄭武夫人規孺子〉與相關文獻之對讀、〈鄭武夫人規孺子〉中所見鄭國之民主、〈鄭文公問太伯〉開疆拓土部分與相關文獻之對讀、〈鄭文公問太伯〉所述良臣與相關文獻之對讀、〈鄭文公問太伯〉所提諸君與鄭國世系研究、〈子產〉篇思想、主張之研究、〈子產〉篇中令、刑、賦稅之相關研究。第七章則為結論，將研究所得做一總結。

## 目　次

上　冊

凡　例

# 第二八　傈僳族音節文字研究

## 作者簡介

韓立坤（1986～）女，漢族，山東濟南人。畢業於華東師範大學中國文字研究與應用中心，現為山東師範大學文學院講師，韓國順天大學訪問學者。研究方向：普通文字學，比較文字學，傈僳學。

曾在《西北民族大學學報》等刊物發表論文多篇，參與國家社科重點基金項目「世界記憶遺產」東巴文字研究體系數字化國際共享平臺建設研究、教育部重大項目「中華民族早期文字資料庫與《中華民族早期文字同義字典》」、國家社會科學基金項目「漢字與南方民族古文字關係研究」。

## 提　要

傈僳族是中國的一個跨境民族。歷史上，傈僳族沒有文字，使用結繩、刻木等多種原始記事方法。二十世紀二十年代，雲南省維西縣葉枝的傈僳族人汪忍波獨立創製出了傈僳族的本民族文字：傈僳族音節文字。這種個人創製的民族文字，在文字史中極為罕見，為文字的起源和發生問題提供了新的研究思路和寶貴的材料。

本書首先對傈僳族音節文字的字源進行考釋，共考釋《傈僳族音節文字字典》中所收字形 253 個。作為表音文字，傈僳族音節文字的每個字形代表一個音節，每個音節在不同的場合下代表不同的字義。此外，通過語音聯繫字形，可以發現造字者在創製文字時使用了一批構字元件。不過，由於缺乏明確的造字標準，音節文字中還包含極少量的象形字和會意字。

傈僳族音節文字中包含一定數量的借源字，主要借用了漢字，少量藏文字母和老傈僳文字母。借用字是維西地區特殊的地理位置、複雜的歷史進程、豐富的民族和宗教文化及造字者汪忍波個人經歷所共同造就的結果。

同時，音節文字中存在異體字 242 組，590 個字形。造字者對字形進行反覆修改，學習者也可能在學習和書寫的過程中產生偏差，從而造就異體字。除異體字外，傈僳族音節文字中還存在一字多音現象。一字多音現象在實踐中也可能產生異體字。

創製音節文字後，汪忍波及其弟子使用音節文字書寫了一大批文獻，包括傈僳族的神話、詩歌、曆法、天文、占卜等內容。其中，最著名的當屬《祭天古歌》。2013 年出土的音節文字語言石碑是近些年來音節文字文獻的重大發現。

為瞭解對音節文字的使用現狀，2015 年至 2017 年，筆者親赴維西地區進行

了四次田野調查。調查發現：音節文字仍然被使用，學校教育成為傳播音節文字的重要途徑，音節文字已經成為維西傈僳族民族認同感的來源之一。

除了汪忍波的傈僳族音節文字之外，世界範圍內還有少數個人創製型的民族文字，如切羅基文字、楊松錄苗文，等等。個人創製型與自源文字具有不同的性質，與民族意識的覺醒密切相關。

## 目　次

# 《說文解字》天文考
## ——以十三經與出土文物為比較範疇（上）

張育州 著

作者簡介

張育州，目前是中正大學中文所博士生，本書是筆者的碩士學位論文。由於筆者觀察到目前現行中國古代天文學相關研究書目，內容多是由《左傳》、《史記》等傳世文獻構成，對於出土文物研究的成果，似乎尚未能增添入書中。基於這個原因，筆者嘗試透過《說文》中記載的「天文用字」實驗性的想涵容兩者，這即是撰寫本書的緣由。最後，感謝指導教授黃師靜吟，在撰寫期間給予學生的指導，給予筆者一個「驗證」的機會，完成本書。

提　要

　　現代天文學史多數是從傳世文獻而來的說法，再者天文學史中證據和資料過少，其中又以上古天文學史更是缺乏，難以說服人；且天文學史中僅就天文說明，未能了解各字的真正使用情形，猶如天文用字本身僅只用為天文義，而未有其他意涵。此外證據過少這點也令人無奈，由於證據過少則未能有更多的討論空間。本文認為與其如此，倒不如回歸文字本身，從文字出發尋找相關證據，以補足現代天文學史證據的不足。

　　肇因於此，本文由《說文》原文與段玉裁、徐鍇的注解中蒐羅天文用字，並以此為基礎，考釋各字字義，接著從出土文物、傳世文獻等蒐集各字詞例。將《說文》說法與出土文物、十三經三者並置，接著確認含有天文義的詞例數，製成比例圖，同時分析各自的關係，藉此以期能稍稍理解古代天文義使用情況。

# 目

# 次

# 引用書目簡稱對照表

| 簡　稱 | 全　稱 |
|---|---|
| 字形表——文字編 ||
| 甲 | 甲骨文編〔註1〕 |
| 續甲 | 續甲骨文編〔註2〕 |
| 金文 | 金文編〔註3〕 |
| 秦文 | 秦文字編 |
| 戰文 | 戰國文字編 |
| 楚文 | 楚文字編 |
| 秦簡牘 | 秦簡牘文字編 |
| 齊文 | 齊文字編 |
| 詞例資料 ||
| 馬王堆 | 長沙馬王堆漢墓帛書 |
| 關沮 | 關沮秦漢墓（僅用周家臺 30 號秦墓） |
| 里耶 | 里耶秦簡 |
| 包山 | 包山楚簡 |
| 郭店 | 荊門郭店楚墓竹簡 |
| 新蔡葛陵 | 新蔡葛陵楚墓 |

〔註 1〕筆者標示為《甲》者，出處均為孫海波：《甲骨文編》（臺北：大化書局，1982 年。）

〔註 2〕筆者未見《續甲骨文編》一書，標示為《續甲》者均為《古文字詁林》中的字形資料。

〔註 3〕筆者標示為《金文》者，均為容庚：《金文編》（京都：中文出版社，1986 年）

| 上博 | 上海博物館藏戰國楚竹書 |
|---|---|
| 望山 | 江陵望山沙塚楚墓 |
| 九店 | 九店楚簡 |
| 范家坡 M27 | 范家坡 27 號墓竹簡 |
| 睡虎地 | 睡虎地秦墓竹簡 |
| 天星觀 | 江陵天星觀 1 號楚墓 |
| 磚瓦廠 | 江陵磚瓦廠 270 號墓竹簡 |
| 秦家嘴 M1 | 江陵秦家嘴 1 號墓竹簡 |
| 秦家嘴 M13 | 江陵秦家嘴 13 號墓竹簡 |
| 秦家嘴 M99 | 江陵秦家嘴 99 號墓竹簡 |
| 楚帛書 | 長沙子彈庫楚帛書 |
| 嶽麓 | 嶽麓書院藏秦簡 |
| 龍崗 | 龍崗秦簡 |
| 曾侯乙 | 曾侯乙墓 |
| 西安南郊 | 西安南郊秦墓 |
| 岳山 | 江陵岳山秦漢墓 |

# 第壹章　緒　論

## 第一節　研究動機與目的

　　關於本文研究動機，是由一連串的緣由產生，大體可歸結為三點，現將三點因素列舉如下，此外筆者需強調，以下三點並不是各自分開、獨立觀看的，是須將每一點提及的不足，涓滴累積，才是本文的立足點。

## 一、思想上的天

　　無論哪一種版本的中國思想史，在先秦部分均會提及「天」這一個觀念，馮友蘭《中國哲學史新編》〔註1〕中對天的解釋有五種，一是物質之天、二是主宰天、意志天、三是命運之天、四是自然之天、五是義理之天，其將思想中各家的天分開講述，然而從上述分類中，卻也同時可以發現思想中對第一項物質之天仍是缺乏的，在現存先秦諸子文獻亦對「天」有所談論，如道家的「天道」、墨家的「天志」、法家的自然天等。上述說明中，可以發現筆者刻意忽略先秦儒家學說，乃是因為「儒家」〔註2〕學說，實乃「天與人」的一個轉捩點，是需要特別另分出一段說明的，但無論是思想史或是諸子對於天

〔註1〕馮友蘭：《中國哲學史新編》（北京：人民出版社，2001年），頁103。
〔註2〕筆者此處說的儒家，絕非僅指先秦儒家，亦非特指某一特定時期的儒家，而是作為一個統稱，因此也就包含先秦、漢代等朝代。

的解釋，仍是無法明確地指出「天」是什麼意思，只能以一種先驗式的口吻，指稱天為抽象的存在。

〈孟子·盡心章句上〉：「孟子曰：『盡其心者，知其性也。知其性，則知天矣。』」〔註3〕孟子言其盡心、知性、知天，是由盡心開始知性後，方能知天，若僅據此段引文看，尚難以理解為何盡心便可知天，因此筆者又援引了《禮記》的說法，〈中庸〉：「天命之謂性，率性之謂道，修道之謂教。」〔註4〕由此可知天命之是為性，因此天道與性是有一貫的關係，所以孟子才會有盡心後可知性，知性方可知天。爾後圖讖、緯書大作，董仲舒《春秋繁露》中〈為人者天〉、〈人副天數〉篇將人與天牽連起來，並附以同類相應之說，而有了天人感應一說，進而至天人合一境界，若從上述脈絡看來則「天」必然對於中國思想、儒家學說等均有很深遠的影響，但正如上一段曾提過的並未有任何一個學說，曾明確說明「天是什麼」〔註5〕？因此，這也成為形成本文的其中一個因素。

## 二、現有的天文學史

筆者起初確定要從天文這項問題著手時，曾耗費了近兩個月蒐集和瀏覽現存有關於「天文」的專書，然而大約在全部看完前的幾週，發現諸多天文學史的書籍均是著重在「現代」的這個角度上，意即從現代天文學觀點去討論古代的天文學，這是有些好處的，可以由星圖、現代術語理解中國古代天文的樣貌。與此同時，卻也有隱憂：其一，著重點由抽象的天文思維變成了實際的物質，如星圖、天象儀、日晷、土圭等器物上；其二，由於時代相隔太遠，以現代觀點查看，則很容易將古代不一定有的觀念帶入解釋，然而這很難說明，因為有關上古天文的證據太少，故筆者僅能用「不一定」說明。其次，有關天文的專書有一部分是從「曆法」切入的，因此變成了一部部曆法書，載明了各朝代的曆法計算方法，這樣的情況也是一把雙面刃，有了古代曆法便可以據器物「大事紀年」的做法，約略推敲所屬時代和君王，這是

---

〔註3〕〔漢〕趙岐注，〔宋〕孫奭疏：《孟子》（十三經注疏阮元校勘本，臺北：藝文印書館，1989年1月），頁228。

〔註4〕〔漢〕鄭玄注，〔唐〕孔穎達正義：《禮記》（十三經注疏阮元校勘本，臺北：藝文印書館，1989年1月），頁879。

〔註5〕並非指稱思想史中提及的天的思想，而是天文的實際面貌。

一項很實際的貢獻，但是在「天文」方面，並不是只有曆法這一件事而已，畢竟天文還有讖緯、信仰、神話等方面，但絕不可以否認，天文觀測在推算時間這一點上的確很重要。最後，也是筆者覺得還有可以發揮的地方，便是在文獻取用這一點上，現代天文學由於缺乏資料，大多數做為證據的是傳世文獻，值得一提的是也有部分專書使用的是出土文物，但卻是限於某幾樣確定有天文資料的出土文物上，如馬王堆漢墓、曾侯乙墓等，再者，無論是使用傳世文獻、還是出土文物也罷，竟少有將兩種資料互相比對的，不然就是比對的資料不足，難以表達作者想說的意思。

## 三、文字的角色

　　筆者在撰寫本文之前一直有個疑惑，「文字」作為一個語言載體，他扮演的是什麼角色？筆者認為文字其實是思想的「結晶」〔註6〕，如此的話，「天文」不也正是一種思想嗎？那麼要探討這件事是否要回歸到最源頭從字開始，去理解天文的可能性。天文學上的其中一個模糊地帶便是出土文物與傳世文獻同時存在，但關於天文說法卻有所不同的過渡時代，那個時代便是秦漢之交，其後，第一本字書誕生了，也就是《說文解字》，且筆者源於上述「文字與思想的關係」認為《說文解字》即是一本古代的百科全書；然而漢代除《說文解字》外仍有《爾雅》一書，或許有人會論及為何不以《爾雅》為主？乃是因為《爾雅》的資訊太少，而且缺乏說解，字義、辭義都被切割、分散了，因此，本文才會從《說文解字》入手。其次，在看了多本天文相關專書後，發現了可以再深入的幾點，其中一個是，缺乏文字的天文學史，現有的多數是器物、觀念但卻沒有解釋「字」的天文學史；接著是發現天文只從天文著手，亦即注意到了確定與天文相關的資料，卻未來得及留意到中國文化中亦含有天文色彩的存在。

　　基於以上諸點，有必要透過全面的資料蒐集以考察天文說法，如此一來才能豐富天文說法的資料與證據，但是如此撰寫則必須要摒棄「舊有作法」〔註7〕，

〔註6〕新城新藏曾云：「辰者，實極重要之字也。余嘗謂苟真能明解此字之意義與來歷，則自足以明中國古代天文學之發達者矣。」此段話即已說明了筆者上述觀點的，但真僅一辰字耳，能反映天文思想？全文詳參新城新藏，沈璿譯：《東洋天文學史研究》（上海：中華學藝社，1933年），頁4。

〔註7〕材料方面僅重視傳世文獻或是僅用確定有天文關係的出土文物，闡述方面亦僅從傳世文獻說明，因此本文將排除傳世文獻的較完整的傳統天文說法，而從資料著手處理。

從頭開始，從那些當初被排除掉的資料開始，把無論確實為天文文獻者或是未有人提及的資料，均視為同等重要，才能增加天文資料，也同時增加可以說服人的證據。筆者希冀本文能成為以文字為角度探查天文用法的「天文資料」[註8]，並能補充天文學史未能留意之處和證據，以追求天文全貌的基礎。本文認為「反對一件事時並不是在反對，而是在完全相信前做一次確認」，這也就是閒置、懸擱，尋找事情可能性，並且一步步確認或是相信當初反對的事物。所以本文的目的，其實就是在追索那個能讓我相信的「可能性」。於此，仍難於其中明確瞭解本文目的，因此以下將目的條例成4點說明：

其一、找尋天文實際使用情形，並以此補充關於天文的說法。也就是說從傳世和出土文物中尋找天文用字的實際使用義，以了解「天文義」這件事的使用頻率。

其二、利用《說文》比較傳世、出土資料中的天文義，了解三種材料間的差異，據詞例資料證明天文義的過渡情形。

其三、製作文字的天文學史，從文體中最基礎的單位「字」，理解各個字例在天文義使用上的轉變過程。

其四、試圖從另一條路線，也就是詞例資料中，得證與天文相關說法，以期補充傳世文獻未能說明的部分。

## 第二節　研究範圍與定義

### 一、關於「天文」一詞

關於天文一詞的說明，新城新藏的《東洋天文學史研究》是如此說：

> 在公羊傳昭公十七年款云：「大火為大辰，伐為大辰，北極亦為大辰」，又何休《解詁》謂「大火謂心星，伐為參星。大火與伐，所以示民時之早晚」，余以為此言卻是傳辰之源來意義，夫在利用太陽曆之初期，尚未明一太陽年究竟有何長？自然亦無曆法可言，隨時觀察日沒以後或日出以前星象之狀態，以推時節之早晚及定

---

[註8] 筆者不喜歡用史或是書等，較有重典、權威式的說法，再者，以本文的作法仍不足以稱書或者是史。

農事之日程，乃無論東洋與西洋均不免有斯所謂觀象授時之時代
也，若斯而製作農事曆（及太陽曆）時，其所觀測之標準星象。……
在中國則由地方或時代之不同，有種種變遷，為通稱之謂辰，故
在中國古代辰或為大火、或為參伐，或為北斗，至周初用二十八
宿之時是日月之交會點為辰，厥後至春秋中葉用土圭測太陽高度
之時代，則指日（太陽）稱辰，要之自西元前二、三千年至西元
前六百年間，中國之天文學可謂祇是辰之變遷之歷史而已。〔註9〕

　　由文中可以知道新城新藏認為中國天文學的發展實際上是由辰字的演變
開始，中國天文學實際上就只是辰之字義變遷史而已。在此，筆者需要補充
新城新藏說法，所謂辰的字義演變史，實際上是應該修正為辰字的「用法擴
增」才對，此點可從同一引文中援引了何休解詁得知。新城新藏的說法解釋
了他對古代中國天文學的認知，但卻還未能明確界定「天文」二字，筆者在
此處援引新城新藏的說法，其一是可與動機相呼應，再者，東洋史學派的新
城新藏的《東洋天文學史研究》正是為中國天文學史發展中的重要書籍，因
此有必要在此處闡述，然而新城新藏此說雖是由辰字的字義變化帶出天文學
的變化，但是推究此語，仍未清楚的解釋天文一詞。

　　其後，是陳遵媯的《中國天文學史》，書中剛開始就提及「天文」一詞：

《淮南子・天文訓》：稱「文者，象也」。根據這種解釋，天文就是
天象，或天空的現象。天空所發生的現象，可以分為兩大類。一類
是關於日月星辰的現象，即星象；一類是地球大氣層內所發生的現
象，即氣象。從我國歷史來講，天文學實際是研究星象和氣象兩門
的知識。〔註10〕

陳遵媯將天文一詞解釋成天象，並加以區分為星象與氣象兩種，若是依照陳遵
媯的說法，如此一來，天文就成為了一個解釋天空現象的名詞，然而僅用星象、
氣象兩詞含括整個「天文」似乎還有許多不足。因此有了下段引文，補足此處
天文所未能提及的部分。

　　要之，天文學研究的對象，雖然可以分為天象、觀象授時、天體、

〔註9〕新城新藏：《東洋天文學史研究》（上海：中華學藝社，1933 年），頁 5。
〔註10〕陳遵媯：《中國天文學史（第一冊）》（台北：明文書局，1988 年（二版）），頁 1。

宇宙和人造天體等五個階段，而實際總的研究對象是天體。因此，
簡單地說天文學是研究天體的科學。總目標是研究宇宙的結構和演
化的科學。這樣，則天文學實際可稱為宇宙學。〔註11〕

　　由此可證，天文一詞所涵蓋的意義，絕不僅有星象、氣象兩詞，還有著觀
象授時、天體等。正如引文中所論及，天文主要的研究對象是為天體，但如此
說來不就與上段引文論及的「氣象」相衝突？實則不然，對於中國古代天文學
來說虹、霓、雷、電等的天氣型態，其實都可以歸屬進天文之中。此外，在教
育部重編國語辭典中對天文一詞的釋義為「天空中，日月星辰及風、雲、雨、
雪等一切自然現象。」〔註12〕與陳遵媯談及天文以天象、氣象概括之說多有符
合，因此，此一說法則歸入陳說之中。

　　筆者此處僅用兩位學者的「天文」說法討論有關天文一詞的說解，實是因
為在閱覽眾多天文學專書後，發現對於天文一詞尚未能有精確定義，且各家說
法差異並不大，加之以上兩本書籍均是天文學史中重要的引用書籍，所以才以
這兩本書為底說明天文一詞。總括上述說法，採納陳遵媯的說法將天文暫時定
義為天象一詞，其主要研究對象是為天體，即天空中的日、月、星、辰等加以
氣象的雲、雨、雷、霜等等，然而此處的「天文」若是逕自取為本文的主題，
則仍是太過龐大，難以集中討論，因此筆者將本文的對於天文的範疇縮小為天
象中的日月星辰，以便於蒐集、整理、分析和描述。

## 二、日、月、星三者

　　承上而言日月星辰四字，實際上就只有日、月、星三者而已，但是日月
星三者涵蓋的字義並非全然都是為天象義，因此勢必需要再界定三者間的有
效義。

### （一）日

　　日，即是太陽，早期先民日出而作，日落而息，便是遵循「太陽的規律」
〔註13〕生活。太陽作為人們長時間可見的穩定光源，人們仰賴日光，而能打

---

〔註11〕陳遵媯：《中國天文學史》，頁8。

〔註12〕教育部重編國語辭典修訂本，http://dict.revised.moe.edu.tw/cgi-bin/cbdic/gsweb.cgi?
　　　　ccd=xYLVpW&o=e0&sec=sec1&op=v&view=0-1

〔註13〕指的是地球自轉一圈的時間，由於是從地球看到太陽的升起、落下，因此本文將
　　　　其作為說成太陽的循環。

獵、捕魚、進行農業，以維持生活所需，從地球見到太陽東升西落的循環，逐漸有了時間觀念，將一次日出日落代表一日，此後，日有了引申義一天的時間名稱。

## （二）月

月就是月亮，太陽作為早上固定能看見的穩定光源，晚上的光源則是月光，月亮的亮度並沒有太陽來的明亮，而且月亮擁有一定的週期變化，期間月光還會從滿月逐漸虧損，至於不見月光後又開始回復成圓月，人們將月亮從朔月到滿月，再到下一次朔月前的時間稱為「月」，月字也多了月的時間單位。

## （三）星

星也就是星辰，最為人知的應屬 28 宿，然而本文中雖然有部分字例確為 28 宿之一，但亦有一部分字並非如此，星字在中國，或說是中國天文學史中，很容易就被比附進了 28 宿、三垣、四象之中，要不就是附以讖緯之說將星說成災星、吉星等，然而上述的諸多名詞太過複雜，而且來源又不甚明確，三垣之說即是，28 宿之說亦然，28 宿在曾侯乙墓漆箱蓋中有明確的出現過，但卻又與現行文獻不同，到了睡虎地秦簡、關沮秦簡時則又與文獻幾近一致，因此，本文對星的定義，僅能侷限在實際的天象上。

上述對於三者的描述僅就太陽、月亮、星星的基本面相談，實際上還有一些需要補足之處。由於對於天文的定義是天象，那麼對於日所需要下的定義便是一切與太陽狀態、名稱、現象相關的字均是作為取字標準，然而時間名詞，乃是由此延伸而出的意義，是故本文將不收錄有關時間的相關字例，雖然是以太陽為例，但實際上月亮、星星兩者也是同樣的情形。

## 三、研究範圍

在本節的講述研究範圍內，將析分成資料與收字方面論述，分成這兩方面論述，乃是因為本文重點在於《說文解字》中字的說解和收字，其次，是與其他文獻的配合，肇因於此，在描寫範圍時也必須要將各個重要之處釐清，方能使人理解究竟本文作了何種努力。

## （一）資料方面〔註14〕

本文主要流程是以徐鍇《說文解字繫傳》〔註15〕和段玉裁《說文解字注》〔註16〕為藍本，考察書中有關天文義的說解，接著利用由確定的字例，回查中研院漢籍電子文獻資料庫中的斷句十三經、文字編、中研院的殷周金文暨青銅器資料庫等工具找尋與字例有關辭例。

總的來說，本文的資料範圍方面有三大方面，其一、《說文》類，其二、傳世十三經，其三、出土文物。需另外說明的是由於第一個方面是與收字較有關係，故另騰出此一部分到下方說明，第二、第三部分，則是藉由資料庫、文字編等工具輔佐，方便資料蒐集，此外，出土文物資料取用範圍是以金文與簡帛文字為主，時間主要是以西周到秦代之間，金文部分少數有早於此時間段者亦收入，出土文物資料中大致上並不收錄璽印、兵器〔註17〕、陶文、貨幣四種材料，乃是因為各材料中文字數偏少，如璽印僅刻錄官名、地區、姓名等，兵器亦僅刻鏤製造者、負責人等資料。以下將使用到的文字編、資料庫整理如下，並加註說明使用原因：

表 1-2-3-1：參考文字編介紹表

| 排序 | 出版年代 | 書　　名 | 使　用　原　因 |
|---|---|---|---|
| 1 | 2001 | 馬王堆簡帛文字編〔註18〕 | 馬王堆帛書中已經由學者認定有天文的描述，故本文即便從全部資料下手，亦需收集已確定為天文資料才行，否則顧此失彼，反倒是難以明瞭古代天文的實際情形。因此雖然馬王堆時代較晚，已是西漢時的文物，但是多數學者均認同馬王堆文物為重要天文文物，因此本文仍收錄之，以防遺漏任何有可能的詞例資料。 |

〔註14〕由於筆者的做法，並不是從確定為天文資料中找出天文說法，而是把各項資料視作同等重要，進而從諸多辭例中分離出所謂與天文相關的部分。因此，在資料方面將不特別突顯學者確知且認同為天文的文獻、文物資料，而是留待文獻回顧一節，才有必要指出並說明各個被認定為天文相關資料的文獻。

〔註15〕〔南唐〕許鍇：《說文解字繫傳》（北京：中華書局，1987 年。）

〔註16〕〔漢〕許慎著，〔清〕段玉裁：《說文解字注》（上海：上海古籍出版社，1981 年。）

〔註17〕本文基本上並不收錄兵器資料，惟金文詞例資料中少有詞例，或僅有一例為兵器者，本文則勉而收錄之，保留其例。

〔註18〕陳松長；鄭曙斌，喻燕姣協編：《馬王堆簡帛文字編》（北京：文物出版社，2001 年。）

| 2 | 2001 | 戰國文字編〔註19〕 | 藉由與《說文》相近時代的《戰國文字編》，幫助收集資料，然而此書由於是以整個戰國為範圍收集資料，難免會有遺漏，是故，不可單取此書作為收集來源，需增添資料來源，以增加資料的完整度。 |
|---|------|------------------|--------------------------------------|
| 3 | 2003 | 楚文字編〔註20〕 | 戰國出土文物部分以秦、楚兩國為多，故本文蒐集資料時，亦必須同時取用據秦、楚兩國文獻編纂成的文字編才行。 |
| 4 | 2008 | 楚系簡帛文字編（增訂本）〔註21〕 | 同上說法，此書較《楚文字編》晚出，同時也增加許多資料來源，如上博簡、新蔡葛陵簡等，可補充《楚文字編》的不足。 |
| 5 | 2010 | 齊文字編〔註22〕 | 雖然戰國文物資料以秦、楚為大宗，但本文並不希望忽略其他國家可能有的資料，所以兼採齊國文字資料。 |
| 6 | 2012 | 秦簡牘文字編〔註23〕 | 秦國為簡帛文字資料大宗，故資料來源亦取納秦系簡牘資料以豐富本文辭例數量。 |
| 7 | 2015 | 秦文字編〔註24〕 | 同上，惟此書成書較晚可補充秦簡牘不足，如里耶秦簡、嶽麓秦簡等。 |

上表可見本文取用文字編有以下諸點，1. 取用時代為較晚出者，是因晚出者收字較多，可看見的資料亦較多，同時亦可補充前人所不足，多數為近10年出版的文字編。2. 取用來源以戰國時期為主，以簡帛大宗但包含秦、楚兩國加上齊文字，並非僅取秦國、或楚國，因此可以增加資料的面向。接著本文是以《秦文字編》、《馬王堆簡帛文字編》、《楚系簡帛文字編（增訂本）》為主，並佐以其他文字編，原因乃是此三本文字編於字形下均錄辭例，方便製成辭例資料表，以供本文歸納和分析資料。

表 1-2-3-2：參考資料庫介紹表

| 排序 | 資料庫名稱 | 使 用 原 因 |
|------|------------|-------------|
| 1 | 漢籍全文資料庫——斷句十三經經文〔註25〕 | 擁有十三經全文，方便瀏覽、搜索資料，節省尋找資料的時間，以更快速的進度回查十三經。 |

〔註19〕湯餘惠：《戰國文字編》（福州：福建人民出版社，2005 年（二刷），2001 年（一刷）。）

〔註20〕李守奎：《楚文字編》（上海：華東師範大學出版社，2003 年。）

〔註21〕滕壬生：《楚系簡帛文字編（增訂本）》（武漢：湖北教育出版社，2008 年。）

〔註22〕孫剛：《齊文字編》（福州：福建人民出版社，2010 年。）

〔註23〕方勇：《秦簡牘文字編》（福州：福建人民出版社，2012 年。）

〔註24〕王輝主編；楊宗兵，彭文，蔣文孝編：《秦文字編》（北京：中華書局，2015 年。）

〔註25〕漢籍電子文獻資料庫——漢籍全文資料庫（斷句十三經經文），http://hanchi.ihp.sinica.edu.tw/ihp/hanji.htm

| 2 | 殷周金文暨青銅器資料庫〔註26〕 | 此資料庫為收集金文資料最多的資料庫,且詳實記載器物的出土資訊、時代等重要資訊,實為本文一大得利工具。 |
| 3 | 寒泉資料庫〔註27〕 | 補充中研院漢籍全文資料庫未列各文獻總數的不足,同時可以做初步資料對照。 |

　　資料庫的特點為彙整大量資料,便於從龐大的數據中找尋資料,以節省資料查找時間,同時透過關鍵字詞尋找字句,亦可比對、陳列出資料,在短時間內閱讀需要的資料,並比對資料。以上諸點,正可從上表得知,本文亦是為了節省時間,便於辭例對照,然而,資料亦只是初步,仍需要得出串連各資料的主題才能使資料發揮作用,因此,則不得不論及本文的收字標準。

## （二）收字方面

　　承上而言,收字條件有三,現列舉如下,以供參酌:

1. 段注本《說文》中,《說文》原文載有日、月、星等字或與其相關字義者
2. 繫傳中《說文》原文〔註28〕載有日、月、星等字或與其相關字義者
3. 段注本「說解」〔註29〕中載有日、月、星等字或與其相關字義者

　　上述提及《說文解字注》、《說文解字繫傳》兩書,實際上收錄方式,較重視原文提及者,此乃是因為記為原文者,比起說解時代較早,再者若遇到兩書說解與原文釋義不同之處,則增入註腳說明。實際操作情形是先翻找兩書的天文相關字例,又透過這三項條件,刪去部分字例,可得共 54 字,又其中符合第一、二項條件者,是與天文較為相關字義共 40 字,有關於為何要這樣分類的理由,請見本文第二章,於此則不再贅述。此外,在《說文》中部分字義亦含有日、月、星者,卻不收錄為 54 字者,如䯏、食、易等字,䯏字為「骨擿之可會髮者。从骨,會聲。詩曰䯏弁如星。」〔註30〕於詩曰中有出

〔註26〕中央研究院歷史語言研究所金文工作室製作之『殷周金文暨青銅器資料庫』,http://www.ihp.sinica.edu.tw/~bronze/detail-db-1.php
〔註27〕台灣師大圖書館,寒泉古典文獻全文檢索資料庫,http://skqs.lib.ntnu.edu.tw/dragon/
〔註28〕由於收入部分僅篩選至原文,故說文引他書說解字的引申、假借之例亦採納之,與此同時,若是字例說解用為天文之複合詞者,且只出現於某一字說解中,則僅收錄複合詞出現於說解之字,並於論述各字使用情形時略為說明,即單字表義、複合詞,原因在於出現於複合詞者已為引申義,並非本義,且亦已收錄一字。
〔註29〕此處並未收入徐鍇說解,其因有二,一是說解過短;二是大致上與段注相似,因此僅收入段注說解。
〔註30〕〔漢〕許慎著,〔清〕段玉裁:《說文解字注》(上海:上海古籍出版社,1981 年),

現星字，然而此字意指髀弁如星，主要敘述是在髀弁上，星只是比擬，因此未收錄。食字說解是「亼米也。从皀亼聲。或說亼皀也。凡食之屬皆从食。」〔註31〕《說文》說解與天文完全無關，然而食字在傳世文獻中可做為「日食、月食」義使用，本文由於是以《說文》說解為主，因此食字未歸入收字中。另易字是「蜥易、蝘蜓、守宮也。象形。祕書說曰日月爲易，象陰陽也。一曰从勿。凡易之屬皆從易。」〔註32〕其中祕書說解為日月為易，然則若此字字形為「日月」，則字義中蜥蜴、蝘蜓、守宮之說則不得而知，再者祕書說是一本緯書，本多附會，難以全知，所以此字亦未收錄。

## 第三節 研究方法與步驟

一項研究，即是一項問題，要解決問題則勢必有其方法，這些解決問題的方法最後作為撰寫的脈絡，並成為文中的潛藏的伏流，問題的解決方法也就是「研究方法」，然而僅有伏流不足以匯聚成大海，仍需要有明水，也就是河川即篇章安排、章節敘述，方能成就海洋，然而河川亦不是驟然而得，是需要通過一點一點地累積才能會流成河，那「累積」便是成就本文的步驟，藉由蒐集、整理、彙整、分析、撰寫等過程而成為河川、成為本文。現將研究方法與步驟條列於下，以供理解撰寫本文的過程和方法。

### 一、研究方法

本文研究方法有以下四種，現茲舉如下：

#### （一）歸納法

藉由對段玉裁《說文解字注》和徐鍇《說文解字繫傳》中找到有關天文的描述，確定字例，並藉此歸納為日、月、星三類，以作為基礎資料，進以明瞭在《說文解字》中有關於天文的描述。

#### （二）歷史比較法

文字的演變是一個長期的過程，不能被視為一蹴可及，因此就「演變」這

---

頁 167。

〔註31〕〔漢〕許慎著，〔清〕段玉裁：《說文解字注》，頁 218。

〔註32〕〔漢〕許慎著，〔清〕段玉裁：《說文解字注》，頁 459。

件事，無法以斷代的觀點，去描述字形的轉變。在天文方面其實也是這樣的情況，但無論文字或是天文，都必須理解「斷代」這個可能，這也就在說明同一時代中文字、文化、地域、書寫特色等方面的影響，因此可透過不同時期的出土文物、傳世文獻，互相比較以理解在天文意義上的相同關係，是否有所相似或不同。

### （三）二重證據法

本文同時使用了出土文物、傳世文獻兩項材料，這也正是王國維說的「二重證據法」的基礎，然而筆者必須在此稍稍改變，與王國維的說法有些許不同，出土材料部分並非僅作為補足紙上材料的佐證，而是將出土、傳世、現有《說文解字》並置，藉以呈現各自的不同，以明瞭各材料間用法、意義的轉變。

### （四）統計分析法

本文使用的研究方法是以統計分析法為主，將各詞例資料（出土文物、傳世文獻）彙整成數字，並加以計算出各字用為天文義在各個文獻資料中所佔比例，藉以查看各字詞在傳世、出土文獻上天文義使用的轉變，並藉此了解天文使用的頻率。

## 二、研究步驟

本文研究步驟共細分六條，列舉如下

### （一）蒐集資料

此為本文最基礎且最關鍵的部分，首先，擷取《說文解字注》、《說文解字繫傳》兩書說解文字中提及天文的相關字例，此為初步資料。接著須再次汰除為附會之說與其他跟天文較「無關的字」〔註33〕，成為基礎資料。最後在以收字條件為判準，分出《說文》原文和段玉裁、徐鍇注解兩者，以作為第二步驟的基礎工作。

### （二）建立字形表

延續前者完成的基礎資料，先分離出《說文》原文提及天文者 40 字及段注

---

〔註33〕意指說解字義為時刻、光暗變化的字例。

說解中的天文字例 14 字，並以此 40 字做為基礎材料，製作字形表。接著參閱《古文字詁林》、《說文新證》，找出 40 字在兩書中的說明，以取得 40 字的古文字字形和學者說解，便於了解文字的本義，是否與天文相關。

### （三）回查文獻辭例

利用已取得的基礎資料共 54 字，回查漢籍全文資料庫——斷句十三經經文、出土文物、金文資料庫，詳列書目、篇章、辭例以建立資料表（全部辭例）〔註 34〕，並劃分為日、月、星三類，加以分散至各部分，以免混淆，造成閱讀資料上的困擾。

### （四）整理資料

閱讀上一步驟整理出的資料表，並區分辭例為天文義者，和非天文義者，並以天文義者的辭例做出另一份資料表，謄錄至各章節中，至此完成各章前兩節的傳世文獻、出土文物用為天文義的資料表。

### （五）彙整表格

接著藉由步驟三、步驟四分別整理出的資料表，比較、統計、分析、然後分別計算出各字在出土文物、傳世文獻兩者的詞例總數，與此同時亦計算各字在出土文物、傳世文獻中用為天文義的數量，分別製成一字在出土、傳世文獻中，天文義各占總數多少的比例表，以了解天文意義的使用頻率與情形。

### （六）分章描述（日、月、星三者）

最後一個步驟也就是將上述五個步驟得到的資料，依序謄錄、撰寫入日、月、星三章，並在結論時統整分散在日、月、星三章的比例表、說明各字比例的過渡情形。

## 第四節　前人研究成果述評

有關「天文」一詞的定義已在第二節略加梳理，本節將描述和評論前人研究古天文學〔註 35〕的成果。討論文獻依序是天文學、傳世文獻、出土文物，如此排序是由於現代天文學研究文獻的成果是雜揉了出土文物、傳世文獻、天文

〔註34〕包含天文與非天文者。
〔註35〕此處天文學，意指透過出土材料、傳世文獻乃至於現代天文學測算等資料，來進行古代天文學的考察。

測量和現代天文知識，從某個程度上來說，它的出版就代表當時天文研究的成果，隨著新的天文學史的書寫而不斷的翻新對於古天文學的認識，因此本節將其作為第一序位討論。其次傳世文獻乃是源於本文主要核心是為《說文解字》，而《說文解字》一書正是傳世文獻中第一本說解文字的字書，因此將傳世文獻排為第二序位。再者是出土文物部分，出土文物排於最後的原因乃是本文是從《說文解字》開始，並與傳世、出土兩項文獻互相比較，於此，則傳世文獻當與出土文物站同樣定位，但是在傳世文獻部分又有《說文解字》一書，故迫於無奈，只得將出土文物放於第三順序討論。此外，需要特別說明，本節中論文資料並未獨立一小節說明，一項原因是由於資料數不足，所以依關聯性併入各小節中，如有關《說文解字》、十三經的論文資料，則歸入傳世文獻，倘若與出土文物、傳世文獻均無關者，則歸入天文學概述下的現代天文學脈絡中陳述，此外，如此鋪排的另一個原因乃是由於本文的重點之一是要排除後見的干涉，過多後人說法將會導致各文獻失去作用，轉為闡述論點的配角，同時亦是因為論文資料與本文研究對象的關聯程度較低，是為第二手資料，可說是透過基礎材料再利用的文獻。然而如果按照這樣的敘述模式，便會有一問題出現，天文學史亦是加工的二手資料，為何可居於第一序位？此乃肇因於天文學史與論文資料立論點的不同，天文學史多較論文資料來的完整，且非專為陳述「特定觀點」〔註36〕而寫出的文章；本節中雖然將天文學史列為第一部分談論，但並未全部採納特定某一本天文學史的觀點，或許可以如此說，筆者認為至今還沒有一本完整的天文學史出現。

## 一、天文學概談

　　本文擷取的天文學相關書籍共 44 本〔註37〕，其中包括圖錄兩種，明確提及天文學史者共 14 本，書名中含有曆法二字者共 7 本，其餘部分為談及特定天文，或是書名雖未有「學史」二字然亦是撰述學史者，亦有部分為總結天文研究成果者等。整體而言，此小節可分成兩部分描述，其一、專書部分可

〔註36〕此處是為說明論文資料研究角度上的問題，論文研究層面為解決問題而太過專精於某幾個角度、觀點，缺乏一個完整的視野，因此造成部分說明仍涉略不足的情形。
〔註37〕詳細資料請參閱文末附錄一。

依其內容分為五類，依序分別是綜述類、學史類、主題專書、圖錄類與其他；其二、現代天文學理論部分是根據與本文相關論文資料陳述的天文學脈絡探討天文，然而此部分，由於較缺乏學者撰寫相關篇章，造成此部分收錄論文數不足。

## （一）專　書

以下將照書籍內容分類說明，並援引書中部分原文，用來介紹筆者認為對本文有所啟發的篇章：

### 1. 綜述類

此類書籍為綜合討論與天文相關概念與知識，部分內容雖較有脈絡，但亦未能像學史類書籍一般，集中討論或是有更全面的敘述有關天文學史的課題，此類書籍亦較主題專書駁雜，但大體來說此類書籍是為學史類的前身，只要再經由編纂、排序、增添內容後，便可成為學史類書籍。此類共計有 14 本書，下表為各書書名及出版年代：

表 1-4-1-1：天文學──綜述類相關書籍一覽表

| 排序 | 出版年 | 作　者 | 書　　名 |
|---|---|---|---|
| 1 | 1933 | 朱文鑫 | 《天文考古錄》 |
| 2 | 1933 | 高魯 | 《星象統箋》 |
| 3 | 1939 | 陳遵媯 | 《天文學概論》 |
| 4 | 1991 | 金祖孟 | 《中國古宇宙論》 |
| 5 | 1991 | 明文書局編輯部 | 《中國天文史話》 |
| 6 | 1995 | 江曉原 | 《天學真原》 |
| 7 | 1996 | 馮時 | 《星漢流年──中國天文考古錄》 |
| 8 | 2000 | 鄭文光 | 《中國天文學源流》 |
| 9 | 2000 | 陸思賢，李迪 | 《天文考古通論》 |
| 10 | 2001 | 馮時 | 《出土古代天文學文獻研究》 |
| 11 | 2001 | 陳久金 | 《帛書及古典天文史料注析與研究》 |
| 12 | 2001 | 馮時 | 《中國天文考古學》 |
| 13 | 2005 | 馮時 | 《天文學史話》 |
| 14 | 2007 | 陳美東 | 《中國古代天文學思想》 |

筆者此處僅想就高魯的《星象統箋》、金祖孟《中國古宇宙論》與江曉原

《天學真原》說明,高魯的《星象統箋》〔註38〕是以文獻中的「三垣四象二十八宿」為綱領,依四象、三垣、二十八宿的排列順序描述,然在其描述過程中,有許多不清晰之處,如下引文:

> 中國測天之學,其進化分三時期。第一期草創時代,三垣之制於茲成立。第二期演進時代,環天星宿,分為四維,始有周天一轉之是別。第三期為求備時代,驗明四象之制,雖較三垣為詳備,但關於日月之躔離,五星之進退,則尚未能指定確當方位,以供研求。復於四象範圍之內,每象共分七段,以測定日月五星舍宿之區,而別名為二十八宿。〔註39〕

文中提及第一期草創時代,最早出現的是三垣,然而筆者閱畢天文學相關資料後發現將三垣作為最早的分野模式,其實仍待商榷;傳世文獻中有關分野的記載並不詳細,書中僅出現宿名和部分三垣名稱,整體來說,對於分野的變化過程並沒有十分清晰的描述某一特定時代使用某種分野,是故三垣、二十八宿,誰先誰後,仍存有疑慮。再者,《星象統箋》並未詳述何以有四象、二十八宿、三垣等分野,整本書實著重於對各分野名詞的內容物描述,但若按其成書時代背景上觀看,仍不能輕忽其對於古代天文學研究的貢獻。

1990 年代,此時期天文學的研究逐漸興起,對古天文學的說法逐漸形成定論,在此同時少部分學者對於《史記》中解釋星名的說法、出土文物的解釋與應用產生了疑惑,因此這時期,天文學的研究產生了變化,多了一點質疑,或者是更加深入研究追尋天文學的源頭。金祖孟的《中國古宇宙論》〔註40〕、江曉原的《天學真原》〔註41〕,《中國古宇宙論》等書是對歷來認為先蓋天後渾天,渾天說優於蓋天說的想法提出質疑,重新評價兩說,認為蓋天思想反倒優於渾天,較渾天思想進步。《天學真原》一書,自前言開始就有強烈的批判,如下:

> 一部中國天學史,就是一部古代中國天文學成就史,哪一年發明了什麼儀器,哪一年編製了什麼曆法,樁樁件件,都以排列得清清楚

---

〔註38〕高魯:〈星象統箋〉(《國立中央研究院天文研究所專刊》,1933 年第二號。)
〔註39〕高魯:〈星象統箋〉,頁 1。
〔註40〕金祖孟:《中國古宇宙論》(上海:華東師範大學,1991 年。)
〔註41〕江曉原:《天學真原》(瀋陽:遼寧教育出版社,1995 年。)

楚。至於天學的性質和功能，則似乎更不成問題，這早在研究開始之前就已被確定了，不需要再作任何探索和考察——性質：科學活動，現今世界上各天文台正在進行的天文學研究的早期階段；功能；探索自然，改造自然。一句話，與現代天文學的性質與功能完全一樣。……基石之所以不穩，就是因為對於性質和功能未有實證的研究，只有先驗的假設——甚至連先驗的假設也從未認真陳述過。〔註42〕

其說當是，古代天文學史的確在某一部份是寫成了天文儀器史。然而在此同時，筆者亦必須為文中所指責的「先驗的假設」做一辯護。首先必須理解所謂天文學史的資料，並不如想像中的多，或者換個詞來說——「詳細」，並且在諸多有關天文論述的文獻中，有某些東西是被突顯出來的，如曆法、儀器。正因為如此，才會有上述的「天文學成就史」的出現，然而也正因為紀錄的不詳細，造成了諸多的空白，為了填補空白，只能以先驗式的假說補齊文獻中未說的地方。筆者並未打算批評或是反對引文的立場，相反的筆者更加讚賞此書的做法，提出質疑，並且找到可能的答案。當然，此書並非完全沒有疏漏，細讀內容便會發現，在某種程度上作者依然是做了先驗的假設，部分推論亦是太過武斷〔註43〕。

### 2. 學史類

學史類書籍特色是為較完整的天文系統，書中資料也較綜述類來的多元，討論問題更為深入，然而限於「學史」一詞，書中多數從早期的天文談起，跟

---

〔註42〕江曉原：《天學真原》，頁1-2。

〔註43〕江曉原：《天學真原》，引文一（頁39）、引文二（頁144～145）。引文一：「長期以來，流行著這樣一種說法，認為古代中國是農業國，而農業需要天文學，所以古代中國人特別重視天文學。這種說法聽起來似乎很有道理，其實只要稍加思索，就發現它漏洞百出，這裡姑且先舉個問題如下：如果農業需要天文學，那全世界幾乎所有民族都有農業，在他們那裡是不是天文學都居有像古代中國文化中天學所居有的那樣不可思議的特殊地位？」引文二：「古人對日運動之深入研討，目的在於精確推算和預報交食—這是古代中國大多數曆法中最受重視的部分。因為一步曆法的精確程度，往往通過對推交食來加以檢驗；而交食（尤其日食）的星占學意義在各種天象中也是極為重要的。」可以見得作者反對天文學是因為農業而發達的，隨後指出對日運動的發達主要原因是由於擁有推算日交食的強烈需求。然而或許可以這麼問，引文二的成立條件是群體居住而且需要擁有一定的統治基礎，才能擁有如此水平，這便是一個先驗式假設，為什麼一定要對「日交食的強烈需求」天文學才能發展。在小部族生活階段，豈能會有如此大的統治能力，再者，物候、農業兩者是息息相關，豈可重物候而疏農業，甚至完全否定掉農業在天文學發展中的作用。

隨朝代增加多方面的天文概念，在天文學的整理方面來說學史類實際上也就是
當時天文研究的整合呈現。此類書籍共有 7 本書籍，其中陳遵媯的《中國天文
學史》共有五冊，是為天文學重要書籍。現將書目列舉如下：

表 1-4-1-2：天文學──學史類相關書籍一覽表

| 排序 | 出版年 | 作　者 | 書　　名 |
|---|---|---|---|
| 1 | 1933 | 新城新藏 | 《東洋天文學史研究》 |
| 2 | 1984 | 陳遵媯 | 《中國天文學史》 |
| 3 | 1985 | 劉昭民 | 《中華天文學發展史》 |
| 4 | 1986 | 曹謨 | 《中華天文學史》 |
| 5 | 1988 | 劉君璨 | 《中國天文學史新探》 |
| 6 | 1990 | 劉金沂 | 《中國古代天文學史略》 |
| 7 | 1996 | 薄樹人 | 《中國天文學史》 |

日人新城新藏《東洋天文學史研究》〔註44〕一書，書中推論詳細，論述從
周初至漢代曆法，期間不僅以重要史書考察，並佐以部分出土文物，兩相核實，
使推算過程中較令人信服，再者，書中所談「辰」的概念、二十八宿形成原因，
加之說明古人觀象授時的演進方式，亦是開啟了另一方面天文學研究，擺脫了
此時期天文學研究僅限於《史記》、《左傳》等傳世文獻，然惜哉，《東洋天文學
史研究》一書重點放於曆法之上，而星象部分則仍未能涉入較深。

1980 年代期間有許多「學史」類的書籍問世，其中以陳遵媯《中國天文
學史》〔註45〕篇幅最多，且論說較詳，其書共分五冊，每冊主題依序是一、
緒論編和古代天文學史編，二、星象編，三、天象紀事編，四、天文測算編，
五、曆法和曆書。從各冊的主題可以知道此書較其他書籍擁有更大的野心，
同時也將天文學研究分成各部分處理，其中需要特別注意的是第二冊星象編
的出現，然而可惜的是其中內容仍是屬於傳世文獻的描述，依舊是《史記‧
天官書》的記載，和三垣的描述；但是與《星象統箋》一書不同，此書中解
釋了三垣、二十八宿產生過程，亦同時說明了為何會有三垣早或晚四象二十
八宿的說法，如下：

　　　我們從史實記載，認為應以四象為最早，再從天市垣的東藩、西藩

―――――――――――

〔註44〕新城新藏，沈璿譯：《東洋天文學史研究》（上海：中華學藝社，1933 年）
〔註45〕陳遵媯：《天文學概論》（上海：商務印書館，1939 年）

都用戰國時代的國名來講，三垣的設立應在戰國時代或其以後，因而比二十八宿晚，主張先有三垣的人們認為人類對事物的認識，總是先粗略而後逐漸細緻，對星象的劃分來講，三垣是最粗略的。由於西北、西南以及其他部分天空的星象，都沒有列在三垣裏面，因而在三垣制定之後，隨著星象觀測的進步，自然覺得這樣劃分，不夠完備，遂創立了四獸以資補充。在創立四獸的同時，也創立了二十八宿。〔註46〕

有關三垣產生早晚的說法，從引文中可以得到主要的爭議是在於對史實記載、事物認識這兩點上的認知不同。根據史實指出三垣是晚於四象二十八宿的，然而若依據對事物認識的態度上，則是由簡單至困難，疏略到繁雜，因此主張三垣為最早的分野模式，然而若依此想法繼續推論，則最早者或許應是四象才對，以其所含星名和比附等推論；同時若以三垣西北、西南天空並未敘述就將其定為最早，亦不甚合理，未敘述並不代表不存在；再者從傳世文獻的記載，三垣名稱遲至隋代才有完整記載，是否代表東周至魏晉之間，文獻有所疏漏而未曾寫入嗎？或是說此一概念本非產生於戰國時期、漢代而是再更後面的朝代才有的分區。想必是後者較有證據證明，較接近真實情形。

### 3. 主題專書

　　主題專書，是指具有明確主題性的書籍，比起綜述類、學史類書籍更聚焦在一個主題上，主題專書可能是一個固定主題的論文集，或是取用如「曆法」、「二十八宿」等，作為一本書的探索面向，此主題專書與綜述類最大區別在於，綜述類的主題是極大的，而且允許部分溢出，然而主體專書題目較少，並且內容僅能在限制在固定主題內，並不能有所偏差。經整理，主題專書共有 11 本，列舉如下：

表 1-4-1-3：天文學——主題專書相關書籍一覽表

| 排序 | 出版年 | 作　者 | 書　名 |
|---|---|---|---|
| 1 | 1989 | 中國社會科學院考古研究所 | 《中國古代天文文物論集》 |
| 2 | 1989 | 潘鼐 | 《中國恆星觀測史》 |
| 3 | 1993 | 陳久金、楊怡 | 《中國古代的天文與曆法》 |

〔註46〕陳遵媯：《中國天文學史—星象編》（台北：明文書局，1985 年，頁25。）

| 4 | 1995 | 張聞玉 | 《古代天文曆法論集》 |
|---|------|------|---------------------|
| 5 | 1996 | 陳美東 | 《中國古星圖》 |
| 6 | 1998 | 常玉芝 | 《殷商曆法研究》 |
| 7 | 2008 | 張培瑜 | 《中國古代曆法》 |
| 8 | 2008 | 張聞玉 | 《中國古代曆法講座》 |
| 9 | 2009 | 劉操南 | 《古代天文曆法釋證》 |
| 10 | 2011 | 馮時 | 《百年來甲骨文天文曆法研究》 |
| 11 | 2012 | 陳久金 | 《斗轉星移映神州：中國二十八宿》 |

　　主題專書中，限於篇幅，筆者僅能介紹幾本書籍，分別是潘鼐《中國恆星觀測史》、陳美東《中國古星圖》、馮時《百年來甲骨文天文曆法研究》。潘鼐《中國恆星觀測史》一書，書中試圖利用《說文解字》等書考察各恆星命名由來，立意良好，然而卻僅將《說文解字》等書作為輔助工具，依然參照傳世文獻描述說明各星，忽略了文字本身與天文之間的連結，甚為可惜。其次，陳美東的《中國古星圖》中羅列各朝代星圖，並附以說明，可惜本書中多數星圖的年代均晚於漢代，但是於本書開頭部分，有略為提及漢代，乃至漢以前的星圖觀念，仍不可忽略此書的重要性。最後是馮時《百年來甲骨文天文曆法研究》，筆者認為此書算得上是一本較完整結合出土、傳世文獻的書籍。馮時的《百年來甲骨文天文曆法研究》[註47]是一部極佳的示範書籍。本書透過甲骨卜辭的比對，加上傳世文獻的輔證，將百年來甲骨文天文研究的資料一一分析，僅此即足以給予高度評價，更何況此書不僅僅是整理資料，透過對卜辭資料的爬梳，作者在眾多學者的聲音當中，勇於提出自己的看法，並且透過資料的連接，一步步證明自己的主張，過程中少見過度解釋，或是過於武斷的說明。如下段引文：

> 使用朏作為月首的曆法或許比以朔決定月首更為原始，因為在相當多的人看來，朏可以通過觀測取得，而朔的獲知似乎只能依靠計算，因而朏的使用一定比以朔為月首更為方便。這種認識其實是沒有深入了解古人觀象行為的一種誤解，恰恰相反，朏—月出—的現象只有在一個白天結束之後的傍晚才可能看到，假如古人對曆月週期茫然無知，而只能通過對朏日的觀測決定月首的話，那麼他們看到新月初現的時候，月首的一日實際已經即將過去，……這意味著他們

---

〔註47〕馮時：《百年來甲骨文天文曆法研究》（北京：中國社會科學出版社，2011年。）

只可能以看到新月的第二天為月首，而不可能將月首定在朏日當天，因為這樣做將使全部曆月的月首一日成為沒有計時意義的廢日。但是如果在同樣的觀象活動中，殷人為決定月首關心的不是朏日而是晦日的話，那麼他們在看到殘月消失之後便可從容地將第二天定為月首，這種作法不僅符合古人觀象活動的實質，同時也得到了最原始的曆日。〔註48〕

引文為書中談及商代曆法──月首的部分，文中可見多數學者認為應是以朏當作月首，作者卻認為應以晦作為月首依據，理由是因為觀測時間，此一概念並不難理解，也可以肯定作者這樣的想法。如果要明顯發覺夜晚天空的時間，應是有兩個：一是滿月，月亮最亮之時；二是完全沒有月光的時候。月光是夜晚最主要的光源，若是月亮消失，豈是未曾發現的，因此作者才會說明以月亮完全消失的晦日為基準一事，並將第二天訂定月首。

### 4. 圖錄類

圖錄，顧名思義書中主題必然是圖片，書籍中有大量的圖片、相片等，藉由圖錄類的書籍，可清楚看到文物，拉近與文物間的距離，惟不能實地觀看仍有落差，但圖錄類書籍的出版，補足了學者對文物的想像，同時也增加了討論的面向。從這方面來說，則圖錄類書籍亦有其不可磨滅的地位。整理後，本類書籍共計有 3 本，其中吳哲夫《中華五千年文物集刊──天文篇》一書為上下兩冊，以下表列書目與出版年：

表 1-4-1-4：天文學──圖錄類相關書籍一覽表

| 排序 | 出版年 | 作　者 | 書　　　　　名 |
|---|---|---|---|
| 1 | 1988 | 吳哲夫 | 《中華五千年文物集刊──天文篇》 |
| 2 | 2009 | 潘鼐 | 《中國古天文圖錄》 |

吳哲夫《中華五千年文物集刊──天文篇》，本書是為圖錄，共分上下兩冊。上冊的上半部分為彩色圖版，下半部分和下冊皆是單色圖版，單色圖版則分成天象記事、曆譜、二十八宿、唐尺、儀象、天文臺遺址、天文學家造像、善本圖籍等項；彩色圖版部分未附說明，單色圖版部分為圖象加上一小段說明。此書收錄歷來重要圖象，如仰韶文化彩陶紋、曾侯乙墓漆箱蓋、長

---

〔註48〕馮時：《百年來甲骨文天文曆法研究》，頁249。

沙子彈庫楚繒書、馬王堆五星占、彗星圖等。然而正因為此書為圖錄，在圖片說明部分過於簡略，尚需多加描述或是翻閱其他天文學書籍，方能理解部分天文觀念，除此之外，實為一本方便使用的參考書籍，此外另有潘鼐《中國古天文圖錄》一書，書中依時代順序介紹各時期的文物，惟此書對於漢代，乃至漢以前的收錄過少，且又不如吳哲夫一書詳細，然而依時代排序這項作法是值得肯定的，呈現了各時代的特色。

### 5. 其他類

其他類書籍，實際上全數均是主題專書，然而歸入其他類的原因，乃是由於書籍內容與天文較無關係者，僅是資料陳述，較少講述天文相關概念者，或是僅提及在書中少部分提及天文觀念。此類書籍共有 5 本，現將其書目茲舉如下：

表 1-4-1-5：天文學──其他類相關書籍一覽表

| 排序 | 出版年 | 作　者 | 書　　名 |
|---|---|---|---|
| 1 | 1934（主題） | 朱文鑫 | 《歷代日食考》 |
| 2 | 1934（主題） | 朱文鑫 | 《史記天官書恆星圖考》 |
| 3 | 1968（主題） | 馮澂 | 《春秋日食集證》 |
| 4 | 1995（主題） | 劉韶軍 | 《中華占星術》 |
| 5 | 2001（主題） | 李零 | 《中國方術考》 |

表格中空出一行，乃是為區別上面三本書籍類型是與下面書籍不同，上面三本書籍多數是資料陳列，且均是以傳世文獻中有記載到日食或是恆星者的資料，較少使用到出土文物，因此僅放於其他類書籍中。後兩本書籍分別為天文的其他面向，占星術、方術等均可列入天文中，然則又並非全與天文相關，多數是讖緯附會而成，但因為本文論及天文二字，仍不能將其忽略不說。

除上述 5 類書籍外，中國科學技術出版社出版了一套「中國天文學史大系」叢書，這套書籍的出版彙整了許多資料，編纂成 10 冊的書籍，其中如張培瑜的《中國古代歷法》、陳美東的《中國古代天文學思想》等書，詳細解說歷來的天文思想、曆法等，對於有意研究天文學的學者們，無疑是一大福音。筆者必須強調一點，「思想」二字，並非是僅收入蓋天、渾天、宣夜等說，亦從古代的天人關係著手，逐一闡釋，將原本隱晦，或是不被以往天文學史重

視的內在理路提了出來。

## （二）現代天文學理論

　　上文已有提及，與本文相關論文資料部分不足，此小節中亦僅 4 篇論文，其中一篇期刊論文，一篇碩士論文以及兩篇博士論文，依序為李匯洲，陳祖清〈《呂氏春秋》與中國古代天文曆法〉〔註49〕、梅政清《中國上古天文學之社會文化意涵》〔註50〕、彭慧賢《殷商至秦代出土文獻中的紀日時稱研究》〔註51〕和梅政清《天之文理——中國上古天文知識的變遷》〔註52〕。期刊論文部分由於均據傳世文獻說明，且篇幅不足，僅 3 頁，加之討論深度亦不足，故捨去不論。此外碩士論文和一篇博士論文作者為同一人，並且是歷史所論文，若僅從目錄看，實在是讓人難與「學史」類書籍分別，惟其中較學史類來得有條理，而且鋪陳有當，再者，無論碩士或是博士論文中對天的討論確實增補了學史的不足，可惜的是碩士論文與博士論文部分仍是以傳世文獻說法為準則，並且論文的焦點依然是在較大的天文問題上，如歲星、二十八宿，如若能加深討論深度，例如像新城新藏的天文學看法將天文發展集中在辰字上，則必能更有突破〔註53〕。剩下的一篇博士論文題目是《殷商至秦代出土文獻中的紀日時稱研究》，文中透過二重證據法，大量蒐羅出土文物資料，亦參考十三經加之《呂氏春秋》〔註54〕一書相互比較，藉此討論紀日時稱，本篇論文筆者認為無論在主題上或是實行的方式均是十分值得參考，但是由於題目名稱為殷商至秦代，可能因此範圍過大，未能容納更多的出土文物，總體而言，雖然論文中主題是以時稱為主，與本文較無關聯，但是文中藉由出土文物時間名稱上的轉變，以理解各時代的紀日時稱的變化，並以此推論各時期的紀時文化的撰寫做法

〔註49〕李匯洲、陳祖清：〈《呂氏春秋》與中國古代天文曆法〉，《理論月刊》2010 年卷第 8 期，頁 67～69。

〔註50〕梅政清：《中國上古天文學之社會文化意涵》（臺南：國立成功大學歷史學系碩士論文，2003 年）

〔註51〕彭慧賢：《殷商至秦代出土文獻中的紀日時稱研究》（臺南：國立成功大學歷史學系碩士論文，2011 年）。

〔註52〕梅政清：《天之文理——中國上古天文知識的變遷》（臺南：國立成功大學歷史學系博士論文，2011 年）

〔註53〕此意並非言其未有創見，只是因為與天文學史討論的重點部分重疊，難以在一時間了解文章中到底做了什麼突破。

〔註54〕彭慧賢：《殷商至秦代出土文獻中的紀日時稱研究》（臺南：國立成功大學中國文學研究所博士論文，2012 年。）

是值得學習並推崇的，本文也因為這篇論文，使筆者更加確定敘述模式，同時也給予筆者一些在章節安排上的想法。

## 二、傳世文獻

傳世文獻部分，本文使用材料為《說文》與十三經，因此此處亦將分成兩個部分討論，由於在第二節已說明《說文》的材料，且十三經部分亦是僅取用經文而未收錄說解，較無討論空間，因此這一小節中將討論的重點放在與傳世文獻相關的論文資料。

### （一）《說文》相關天文論文資料

《說文》相關論文資料，本文共蒐集10篇，其中5篇為期刊論文〔註55〕，4篇碩士論文，1篇博士論文。其中期刊論文部分均低於10頁，綜觀全文亦會發現大致為概要說明，論及深度不足，尚需增加篇幅，因此這一小節中將不談及5篇期刊論文，直接從博碩士論文開始談起。

表1-4-2-1：《說文》相關天文論文一覽表

| 編號 | 時　　間 | 作　者 | 論　文　名　稱 |
|---|---|---|---|
| 1 | 2003 | 周鳳玲 | 《說文解字》與古代天文學 |
| 2 | 2004 | 薛榕婷 | 《說文解字》人與自然類部首之文化詮釋 |
| 3 | 2009（博士） | 陳雅雯 | 《說文解字》數術思想研究 |
| 4 | 2010 | 陳怡婷 | 神話與《說文》相關字群研究 |

上表為此小節中，收錄的博碩士論文，其中第3篇為博士論文外，其餘皆為碩士論文，從上表可知各論文主題中僅有周鳳玲的《說文解字》與古代天文學》與本文最為貼合，然而此篇論文為大陸論文，頁數只有48頁，且其一樣是如同學史式的寫作方式，缺乏出土文獻，因此本文亦不打算對其主題作深入探討。其他篇論文中是因為略有提及天文相關資料而列入，此外參考文獻中周惠菁的《由《說文》女部見古代女性的社會地位》論文會收錄，則是又因為筆者看到此篇論文是將收字條件固定為某一部首，由部首統領各字的做法。起初，筆者有考慮到此種作法，但是卻在蒐集資料期間屢屢遇上困難，最後發現日、月、星三部並未能說明全部天文中的星象，只能捨棄此種收字模式。由上述論

---

〔註55〕題名是〈《說文解字》中的宇宙天文思想〉、〈《說文解字》日部字語義場研究〉、〈《呂氏春秋》與中國古代天文曆法〉、〈《說文解字》反映出的月相變化〉、〈21世紀《說文解字》文化研究綜述（一）〉、〈《說文解字》關於太陽循環記載的研究〉5篇。

文題目看來，即可知筆者為何會在本節一開始即已說明論文資料不足，天文資料不足等，看似基礎卻又無力解決的基本問題。

　　由於上述已說明論文主題多數與本文無關，因此本文亦不打算針對論文內容多加談述，而打算從各篇論文談及「天文」時，以收錄的字述為對象，瞭解論文本身對於「《說文》天文」做出多大的貢獻。

表 1-4-2-2：《說文》相關天文論文收字一覽表

| 論文名稱 | 收錄《說文》說解為天文用字 | 總計 |
|---|---|---|
| 《說文解字》與古代天文學 | 日、吻、睹、曙、昕、曈、曨、鈌、暘、晛、晧、旭、昫、曉、晄、曠、昕、昉、畯、晟、映、昇、朝、旦、暨、杲、晥、曄、暉、昭、晰、普、晐、晷、景、皆、暗、晻、昏、曫、昳、炅、冥、莫、杳、月、朔、朒、朏、霸、朢、晦、朓、岪、閏、時、雨、零、霙、霝、霖、溦、溟、濛、霖、滈、澍、濱、潦、霽、霝、霣、瀑、霏、霅、云、雪、雹、雷、電、虹、霓、暈、歲、年、氏、斗、昴、畢、觜、參、星、風、颮、飆、飄、颭、飂、飈、颹、飀、飉、颺、彗。 | 104 |
| 《說文解字》人與自然類部首之文化詮釋 | 日、月、鈌、晶、气、雨、雲、風、申、火、炎 | 11 |
| 《說文解字》數術思想研究 | 日、暈、昴、晶、星、參、晨、月、歲、霽、晦、冥、朔、朏、霸、朓、朒、朢、圜、積、霓、虹、雷、霆、電、震、霰、雹、霜、霧、霈 | 31 |
| 神話與《說文》相關字群研究 | 日、月、天、暘、榑、晉、鶤、朒、晶、星、疊、雷、電、虹、震、霆、雨、霝、霖、霅、朢 | 21 |

　　表格中可以看見，以《說文解字》與古代天文學》一文收納字數最多，有 104 個，比起本文收字多出 50 個，多出的部分許多是本文限於篇幅未能提及的氣象的部分以及被筆者詳列的收字條件篩選掉的說解為時間義的字例。雖然本篇論文中收字極多，然而細讀內容便會發現，本篇大多數是以現代天文學觀念撰寫，諸多字義中未有天文義說解者，亦被納入，除此之外，論文本身證據亦顯不足，卻乏出土資料佐證，因此還有許多可以發揮的空間。此外，由表格中，可發現多數常見天文用字均已被各論文討論，如日、月、星等字，但從第一篇論文中即可發現，仍有許多字，根本未曾被台灣的博碩士論文談及，因此，本文才能夠再次以《說文解字》中的天文為出發點撰寫。

## （二）十三經相關天文論文資料

小節中由於十三經相關天文的諸多資料均是以傳世文獻為主，加之本文主題並非討論傳世文獻中的天文詞例，而是在於《說文解字》收字上，故本小節僅收錄黃百穗《左傳》的天文與人文》〔註56〕與吳佳鴻的《詩經》與天文研究》〔註57〕兩篇文章。

《左傳》的天文與人文》一篇，是以天和人的關係開展，由天、天命、天道，依序陳述，作者在引用、鋪排資料方面十分用心，亦增加了許多《左傳》未曾有人深入提及的天的觀念，只是在資料方面，筆者有兩點小疑惑，其一、資料文獻好像多數都是後代文獻，較缺乏與《左傳》直接相關的同時代文獻，當然《左傳》實際成書年代並無法確切知道，但是否可以與《公羊》、《穀梁傳》，或是其他史書對勘傳文，以確定時代排序，並比對同一事件的說法，以加強對《左傳》觀點敘述，這也說明了第二的疑惑，由《左傳》的天、天命、天道，從作者鋪排來看的確是有一脈絡，但時代部分是不是忘了提及，如此假設，一個學說不會有所變例嗎？再者，該如何說明《左傳》呢？文學或是史書，或者都不是，若是前者，則《左傳》中的天，是否有經過統整而成，指的是作者本身已有天的觀念，因此全書中的天也是依此推演，如此則全文中的天是否僅是一個義？如果是後者，那麼以天的演進而言，是否還需要一點證據。論文中多次引用思想史說法討論天一詞，然則筆者甚至懷疑思想史之說，是否真符合《左傳》文本呢？當然，筆者如此要求實是強人所難，若非透過對天的全面整理，亦難以回答筆者的疑問，但筆者透過如此多的問題，只是想說明兩個重點，時代的不可忽視，學說也有其演進。然而論文主題是《左傳》，不容否認的本書的確對《左傳》的天文與人文闡述了許多觀念，也試圖呈現了《左傳》中天與人的關係，增添了許多思想史未能多做說明之處。《詩經》與天文研究》本書中分別以日月、星宿、其餘諸星和靈臺、氣象分章描述，其中將《詩經》中的日、月，星宿等字在《詩經》中的相關字義逐一陳列，以方便一覽諸字在《詩經》中的個別意涵，此外在各章中又分別以神話、傳說，或是在《詩經》意象闡述，以方便釐清諸字的來源與其應

---

〔註56〕黃百穗：《《左傳》的天文與人文》（臺北：國立臺灣師範大學國文學系碩士論文，2010年。）

〔註57〕吳佳鴻：《《詩經》與天文研究》（高雄：國立高雄師範大學經學研究所碩士論文，2008年。）

用。惟在講述星宿時，以傳世二十八宿為例，並以四象之說分別，首先在《詩經》中二十八宿並未全數出現，其次作者引《爾雅》與《史記‧天官書》兩書引證二十八宿，但兩書本身總星宿數即已不相同，再者無論《爾雅》或是《史記》均是較晚出之書，如此引用是否有些疑慮，當然筆者並不是要推翻「二十八宿之說」，只是必須說明「二十八宿」這個觀念，也有不同時期的名稱轉變或是數量上的不同，然而會使用《爾雅》和《史記》的原因，筆者可以明瞭，乃因缺乏天文的傳世資料，較完整的天文星宿資料，則是在《史記‧天官書》或者《漢書‧天官表》中，接著便是到了唐代的《開元占經》引用的《石氏星經》了。總而言之，由於筆者的疑惑，和傳世天文資料的不足，因此才導致了本文的出現。

## 三、出土文物

　　出土文物部分，筆者在第二節註腳 18 中已略有提及本文立場，因此，此處先介紹書籍及學者均確定與「天文」相關的出土文物，後續再表列本文引用的其他出土文物，以供參考。

### 表 1-4-3-1：天文相關出土文物一覽表

| 排序 | 時　　代 | 文物名 | 有　關　天　文　部　分 |
|---|---|---|---|
| 1 | 戰國早期 | 曾侯乙墓〔註58〕 | 墓中最為人知的天文相關文物是漆箱蓋，蓋上寫有二十八個星名，其中部分星名與傳世文獻中的二十八宿不同，多數學者認為這項文物足以證明遲至此時，古人已有「二十八宿」〔註59〕的系統。 |
| 2 | 戰國中、晚期 | 長沙子彈庫楚帛書〔註60〕 | 墓中有一幅楚帛書，其中繪有四時、十二月的神名，中間則是女媧與伏羲的創世神話，圍繞在周邊的十二月神話中亦載有月相變化等天象說法，藉此可理解楚地風俗、神話與天象之間的關聯。 |

---

〔註58〕湖北省博物館：《曾侯乙墓》（北京：文物出版社，1989 年），標示為《曾侯乙》者出處均為此書。

〔註59〕須注意此處並非言其為現今之二十八宿之說，只是有載明列星的星宿名。二十八宿之說是不斷演變的，這即是意味著現知的「二十八宿」名稱或許並不是先民的「二十八宿」。因此筆者在此處是持保留態度，認為古代確實有類似二十八宿的系統，但是並未完全如同漢以後的二十八宿說法。

〔註60〕饒宗頤、曾憲通：《楚帛書》（香港：中華書局香港分局，1985 年），標示為《楚帛書》者，出處均為此書。

| 3 | 戰國晚期 | 睡虎地秦簡〔註61〕 | 簡牘中有日書兩篇，與天文相關的內容為〈玄戈〉、〈歲〉、〈星〉等篇，此外需特別說明，星篇即是賦予二十八宿各種禁忌與擇吉避凶之說，此二十八宿星名也與後世二十八宿較無差異了。 |
|---|---|---|---|
| 4 | 秦代 | 關沮秦簡〔註62〕 | 文物中有日書一篇，其中載有透過二十八宿占卜的相關內容，可參〈繫行〉、〈戎磨日〉、〈產子占〉等篇。 |
| 5 | 西漢 | 馬王堆漢墓〔註63〕 | 墓中出土許多帛畫，畫中內容為彗星圖，詳細描繪彗星形狀，並分別各種彗星，此外尚有〈五星占〉、〈天文雲氣雜占〉，透過對五星的理解以占卜，天文雲氣亦是，均是由天人相感而後出此法。 |

　　上表已對學界認定的 5 種天文相關文物做述評，此外筆者仍欲說明部分事項，即有關睡虎地秦簡、關沮秦簡和馬王堆漢墓文物，除上述篇章外，在資料表中亦採納其他篇章，並非僅取與天文相關部分。

　　表 1-4-3-2：參考相關出土文物一覽表

| 秦系文字 | | 楚系文字 | |
|---|---|---|---|
| 時　代 | 名　稱 | 時　代 | 名　稱 |
| 春秋晚～戰國早 | 石鼓文〔註64〕 | 春秋晚～戰國中期 | 秦家嘴〔註65〕 |
| 戰國中、晚期 | 詛楚文〔註66〕 | 戰國中期 | 望山楚簡〔註67〕 |
| 戰國晚期 | 青川木牘〔註68〕 | 戰國中期 | 郭店楚簡〔註69〕 |

---

〔註61〕睡虎地秦墓竹簡整理小組：《睡虎地秦墓竹簡》（北京：文物出版社，1990 年），標示為《睡虎地》者，出處均為本書。

〔註62〕湖北省荊州市周梁玉橋遺址博物館編：《關沮秦漢墓簡牘》（北京：中華書局，2001 年），標示為《關沮》者，出處均為本書。

〔註63〕未尋找到此項文物資料，故本文僅依陳松長：《馬王堆簡帛文字編》（北京：文物出版社，2001 年。）和王輝：《秦文字編》（北京：中華書局，2015 年）書中資料為依據。

〔註64〕本文標示為《石鼓》者，出處均為郭沫若：《石鼓文研究》（北京：科學出版社，1982 年）

〔註65〕本文未見江陵秦家嘴竹簡，文中標示為《秦家嘴》者，均是滕壬生《楚系簡帛文字編（增訂本）》書中的資料。

〔註66〕本文標示為《詛楚文》者，出處均為郭沫若：《石鼓文研究》（北京：科學出版社，1982 年）

〔註67〕湖北省文物考古研究所：《江陵望山沙塚楚墓》（北京：文物出版社，1996 年），標示為《望山》者，出處均是本書。

〔註68〕本文未見《青川木牘》，資料中標《青川木牘》者，是據王輝《秦文字編》資料補充。

〔註69〕荊門市博物館：《郭店楚墓竹簡》（北京：文物出版社，1998 年）標示為《郭店》

| 戰國晚期 | 岳山秦牘〔註70〕 | 戰國（中）、晚期 | 新蔡葛陵楚簡〔註71〕 |
|---|---|---|---|
| 戰國晚期 | 秦駰玉版〔註72〕 | 戰國中、晚期 | 九店楚簡〔註73〕 |
| 戰國 | 西安南郊秦墓〔註74〕 | 戰國中偏晚 | 包山楚簡〔註75〕〔註76〕 |
| 戰國晚～秦代 | 嶽麓秦簡〔註77〕 | 戰國中偏晚 | 上博楚簡（一）、（二） |
| 秦代 | 龍崗秦簡〔註78〕 | 戰國晚～秦代 | 天星觀楚簡〔註79〕 |
| 秦代 | 里耶秦簡〔註80〕 | 戰國 | 江陵磚瓦廠〔註81〕 |
| | | 戰國 | 范家坡楚簡〔註82〕 |

　　上表為本文收錄出土文物資料，在此處重申，由於本文並非以天文的框架尋找天文資料，而是將全部資料均視為同等重要，因此筆者認為無論篇名或是簡牘中的主題、內容，均不是排除不收的理由，亦肇因於此，所以筆者此處並不欲多加介紹各資料中收錄的內容，僅以時代排序各出土文物資料。以免讀者在閱讀相關資料時，已有部分「後見」，影響對各文物資料的判准。

---

　　　者，出處均是本書。

〔註70〕武漢大學簡帛研究所、荊州博物館編：《秦簡牘合集（叄）》（武漢：武漢大學出版社，2014年），標示為《岳山秦牘》者，出處均為本書。

〔註71〕河南省文物考古研究所：《新蔡葛陵楚墓》（鄭州：大象出版社，2003年）標示《新蔡葛陵》者，出處均為本書。

〔註72〕本文未見《秦駰玉版》，標示為《秦駰玉版》者，乃是據王輝《秦文字編》補充。

〔註73〕湖北省文物考古研究所，北京大學中文系編：《九店楚簡》（北京：中華書局，1999年），標示《九店》者，出處均是本書。

〔註74〕本文未見此項文物，詞例中標示為《西安南郊》者，均是據王輝《秦文字編》補充。

〔註75〕湖北省荊沙鐵路考古隊：《包山楚簡》（北京：文物出版社，1991年），標示為《包山》者，出處均為此書。

〔註76〕本文資料中標示為《上博》者，出處分別為馬承源：《上海博物館藏戰國楚竹書（一）》（上海：上海古籍出版社，2001年）和馬承源：《上海博物館藏戰國楚竹書（二）》（上海：上海古籍出版社，2002年）

〔註77〕本文資料中標示為《嶽麓》者，出處均為朱漢民、陳松長：《嶽麓書院藏秦簡（壹）》（上海：上海辭書出版社，2010年）

〔註78〕中華文物研究所、湖北省文物考古研究所：《龍崗秦簡》（北京：中華書局，2001年。）標示《龍崗》者，出處均為本書。

〔註79〕本文未見此項文物，詞例中標示為《天星觀》者，均是據滕壬生《楚系簡帛文字編（增訂本）》書中的資料。

〔註80〕詞例資料中標示為《里耶秦簡》者有3層，分別為8、9、16層，其中第8層部分出處為湖南省文物考古研究所：《里耶秦簡（壹）》（北京：文物出版社，2012年），而9、16層筆者並未找到相關資料，因此僅能依王輝《秦文字編》補充。

〔註81〕此項文物並未整理出版，僅有發掘報告，因此詞例資料部分均是依滕壬生《楚系簡帛文字編（增訂本）》補充。

〔註82〕本文未見有關《范家坡》文物，詞例資料中標示為《范家坡》者，出處均是滕壬生《楚系簡帛文字編（增訂本）》一書。

# 第貳章　與星象相關字群之字義考釋

　　緒論已言及「天文學史」書籍處理天文史有所忽略的部分，因此本章則排除傳世文獻的干擾，直接從古文字形表、《說文解字》原文、文字學者說解等進一步探討《說文》收錄各類有關天文星象用字之本義。然而必須說明本文共收 54 字，來源並非皆是依據《說文》原文，有另一部分是根據段玉裁《說文解字注》的說解進而增添入天文用字之中。如此則後者的用字尚存有部分疑慮，乃是因為段氏說解是匯集各本傳世文獻而成的，並非是《說文解字》原貌，而是一種經過長時間增刪演變而成的結果。本章將 54 個字劃分作兩類〔註1〕：一是與天文星象用字相關者，二是與天文星象用字較為無關者。其中與天文相關者共 40 個字，為本章主要探討對象，同時依據《說文》字義與日、月、星三者相關程度，再次將 40 個字分成高、中、低三類〔註2〕，以便進行字形考釋。釋義部分，先列出《說文》原文，按語則是直接分析字義，其考釋結果或不盡與《說文》相同。現將 40 個字依《說文》排序羅列於下：示、祡、物、歲、晵、烏、槫、杲、杳、東、叒、日、旭、暘、啓、晹、晛、暜、厤、晦、昴、暨、冥、星、參、晨、月、朔、朏、霸、朓、姓、望、磒、涒、

---

〔註1〕段注本（繫傳）《說文》原文，分類部分可參閱附錄二。同時筆者在此必須強調劃分標準僅為《說文》原文中是否有使用天文星象相關字（日月星三者），並非具體分析字義而歸納出的結果。

〔註2〕此處亦同上註，僅據《說文》釋義分類，並非實際考察字義後歸類，因此可能產生雖然劃定為與天文相關字，但其實並非真正用於天文，或是並未屬於天文相關字。

霘、媶、堳、辰。其後依高、中、低度相關製成下表：

表 2-0-1：《說文》用字與天文關係表

| 高度相關 | 歲 | 日 | 昴 | 星 | 參 | 晨 | 月 | 媶 | 辰 | |
|---|---|---|---|---|---|---|---|---|---|---|
| | | | | | | | | | | |
| 中度相關 | 示 | 祟 | 昝 | 烏 | 榑 | 杲 | 杳 | 東 | 叒 | 旭 |
| | 暘 | 晹 | 晛 | 曹 | 厏 | 晦 | 暨 | 冥 | 朔 | 朏 |
| | 霸 | 朓 | 朒 | 牲 | 望 | 湦 | 霘 | 堳 | | |
| 低度相關 | 物 | 晵 | 碩 | | | | | | | |
| | | | | | | | | | | |

## 第一節　高度相關

　　高度相關者，意謂字義本身與日、月、星天體有直接關係，如明確指為日、月、星者、星體專有名詞者，意即字義本身指稱即為日、月、星者。本節收字共 9 字，依《說文》排序如下：歲、日、昴、星、參、晨、月、媶、辰。

　　1. 歲

表 2-1-1：歲字字形表

| 商代 | | | | | |
|---|---|---|---|---|---|
| | 餘 1.1《甲》 | 明 2235《甲》 | 鐵 80.4《甲》 | 甲 103《甲》 | 甲 668《甲》 |
| | 甲 2657《甲》 | 河 275《甲》 | 前 5.4.7《甲》 | 前 8.15.1《甲》 | 後 1.19.7《甲》 |
| | 粹 188《甲》 | 鐵 176.2《甲》 | 甲 430《甲》 | 甲 2961《甲》 | 庫 441《甲》 |
| | 甲 608《續甲》 | 甲 1902《續甲》 | 甲 1941《續甲》 | 續 5.1.1《續甲》 | |

| 西周 | | | | | |
|---|---|---|---|---|---|
| | 利簋《金文》 | 舀鼎《金文》 | 毛公鼎《金文》 | | |
| 東周 | | | | | |
| | 為甫人盨《金文》 | 鄂君啟舟節《金文》 | 睡虎地·秦律35《秦文》 | | |

《說文》：「歲，木星也。越歷二十八宿，宣徧陰陽，十二月一次，從步戌聲。律厤書名五星為五步。」〔註3〕《說文》指為木星，故歸入高度相關。

按：上表甲文諸形中，常見「屮」或「𠦄」兩形，由甲103的字形，可知是一種斧形武器，而《說文》解歲明顯與甲文各形不合。「郭沫若以歲戌古同音，進而推斷兩者可通用為一字，又云「𢧐 明2235」此字形上下兩止，乃是由「𠦄」兩點變異而成，是從象形字轉變為會意字，此說可從。」〔註4〕後歲字又演變為歲月之用，鄂君啟舟節中歲字，下方為月，亦是歲月之義。

### 2. 日

表2-1-2：日字字形表

| 商代 | | | | | |
|---|---|---|---|---|---|
| | 乙3400骨橋朱書《甲》 | 鐵44.3《甲》 | 鐵62.4《甲》 | 甲547《甲》 | 京津3971《甲》 |
| | | | | | |
| | 京津4090《甲》 | 後2.3.18《甲》 | 佚384《甲》 | 佚425《甲》 | 前2.17.3《甲》 |
| | | | | | |
| | 燕397《甲》 | 甲408《續甲》 | 乙4180《續甲》 | | |
| 西周 | | | | | |
| | 剌卣《金文》 | 日癸簋《金文》 | 牆盤《金文》 | | |

---

〔註3〕段玉裁：《說文解字注》（上海：上海古籍出版社，1981年），頁68。
〔註4〕說法可參考古文字詁林編纂委員會：《古文字詁林（第二冊）》（上海：上海教育出版社，2000年），頁270～272。

| 東周 | | | | | |
|---|---|---|---|---|---|
| | 吉日壬午劍《金文》 | 鄂君啟舟節《金文》 | 包山 17《戰文》 | 睡虎地·日書乙 15《秦文》 | |

《說文》：「日，實也。太陽之精不虧。从○一，象形。凡日之屬皆从日。日古文，象形。」[註5]《說文》言為太陽之精，即為太陽，歸入高度相關。

按：日字為太陽無疑，「乙 4180」像太陽光照四方，此形便是一明證。《說文》釋義「實也」乃是聲訓中的推因，釋義與月字「闕也」之義相對，本義乃是太陽。

### 3. 昴

《說文》：「昴，白虎宿星。从日卯聲。」[註6]已明言為星，故放入高度相關。

按：此字未找到古文字字形，又缺乏學者說解，僅能依《說文》釋義為白虎星。

### 4. 星

表 2-1-3：星字字形表

| 商代 | | | | | |
|---|---|---|---|---|---|
| | 乙 1877《甲》 | 乙 6664《甲》 | 前 7.26.3《甲》 | 存下 147《甲》 | 後 2.9.1（卜辭用晶為星）《甲》 |
| 西周 |

麓伯星父簋《金文》 | | | | |
| 東周 |

楚帛書·乙《戰文》 |

放馬灘·日書乙 25《秦文》 |

睡虎地·日書乙《秦簡牘》 | | |

《說文》：「星，萬物之精上為列星。从晶从生聲。一曰象形，从○，古○

---

〔註 5〕段玉裁：《說文解字注》，頁 302。
〔註 6〕段玉裁：《說文解字注》，頁 305。

復注中，故與日同。曐古文。星或省」〔註7〕《說文》釋義已說明為星義，故歸入高度相關。

　　按：星字如同《說文》釋義為星星無疑，商代諸形僅圓圈數不同，圓圈即是一個光點，一個星星的意思，所以用此表達星星之義。

　　5. 參

　　表 2-1-4：參字字形表

| 商代 | 蒱參父乙盉《金文》 | | | |
|---|---|---|---|---|
| 西周 | 衛盉《金文》 | 盠尊《金文》 | 㝬鼎《金文》 | 克鼎《金文》 |
| 東周 | 魚顛匕《金文》 | 中山王鼎《金文》 | 臨淄商王墓地銅杯《齊文》 | 隨縣 122《戰文》 | 郭店·語叢 3，67《戰文》 |
| | 郭店·六德 30《戰文》 | 郭店·語叢 4，3《戰文》 | 包山 12《戰文》 | 龍崗 11《秦簡牘》 | 睡虎地·日書乙 88 壹《秦簡牘》 |
| | 睡虎地·日書甲 2 背貳《秦簡牘》 | 嶽麓·占夢書 3《秦簡牘》 | 關沮 151 壹《秦簡牘》 | 圖錄 2.3.2《齊文》 | |

《說文》：「參，商星也。从晶从㐱聲。曑或省。」〔註8〕《說文》已言為商星，故放於高度相關。

　　按：季旭昇先生認為此字為參星義，同時《說文》說解部分不當為晶〔註9〕，從上表商代、西周可知的確不為晶形，其說當是。朱芳圃認為此字是「像參宿三星在人頭上，光芒下射之形。」〔註10〕較之西周諸形，可知其說當是。

---

〔註7〕段玉裁：《說文解字注》，頁 312。
〔註8〕段玉裁：《說文解字注》，頁 313。
〔註9〕此說可參考季旭昇：《說文新證》（臺北：藝文印書館，2002 年），頁 546～547。
〔註10〕可參考古文字詁林編纂委員會：《古文字詁林》（第六冊）（上海：上海教育出版社，

### 6. 晨

表 2-1-5：晨字字形表

| 東周 | 郭店・五行 19 《戰文》 | 郭店・五行 20 《戰文》 | 包山 186 《楚文》 | 楚帛書乙 《戰文》 | （通「脣」）睡虎地・日書乙 105 壹 《秦簡牘》 |
|---|---|---|---|---|---|
| | 璽彙 3170 《戰文》 | 璽彙 3188 《戰文》 | | | |

《說文》：「晨，房星，為民田時者。从晶辰聲。晨晨或省。」〔註11〕《說文》已言星，故歸入高度相關。

按：此字古文字字形多集中於東周時期，又見上表郭店諸形，顯然與「晨」字脫離不了關係，晨字構形即為兩手持農具之形，由此可知「為民田時者」當是從晨而來，然而晨究竟為何義？《說文》「从晶」故與星象相關，但是從東周諸形則未見與晶旁相關〔註12〕，此處由於未見到更早期字形，不敢妄下晨字無晶旁，而是據東周諸形《說文》等字義推論，此字或許不應該是星，而當是清晨之義。

### 7. 月

表 2-1-6：月字字形表

| 商代 | 甲 225《甲》 | 甲 3941《甲》 | 乙 6819《甲》 | 乙 9074《甲》 | 前 1.36.6《甲》 |
|---|---|---|---|---|---|
| | 前 4.46.1《甲》 | 菁.1.1《甲》 | 燕 540《甲》 | 甲 2416《甲》 | 前 2.22.1《甲》 |

---

2003 年），頁 490。

〔註11〕段玉裁：《說文解字注》，頁 313。

〔註12〕或可云簡化為日旁，然而 7 個字形中僅兩例晨有日在上，多數字形日均在下，故謂之未見晶旁相關，但是此處並非說絕無晶旁，而是未見。

| | | | | | |
|---|---|---|---|---|---|
| | 前 2.22.6《甲》 | 前 4.4.5《甲》 | 寧滬 1.234《甲》 | 存下 980《甲》 | 掇 2.401 墨書《甲》 |
| | 甲 12《續甲》 | 宰椃角《金文》 | | | |
| 西周 | 旂鼎《金文》 | 師趛鼎《金文》 | 休盤《金文》 | 虘鐘《金文》 | 善夫克鼎《金文》 |
| | 殷穀盤《金文》 | | | | |
| 東周 | 陳侯鼎《金文》 | 欒書缶《金文》 | 陳肪簋《金文》 | 禾簋《金文》 | 哀成叔鼎《戰文》 |
| | 命瓜君壺《金文》 | 秦公大墓殘磬（集證 67）《秦文》 | 包山 12《戰文》 | 楚帛書·乙《戰文》 | 青川木牘正 2《秦簡牘》 |
| | 睡虎地·日書乙 28 貳《秦簡牘》 | | | | |

　　《說文》：「☽，闕也。太陰之精。象形。凡月之屬皆从月。」〔註13〕此字為月亮之義，由於月亮一義已毋須解釋，故《說文》釋其引申義，為月少圓，常闕。《說文》雖釋其為闕義，但月字仍需放入高度相關，表其為月亮之義。

　　按：此字商代諸形均為具體描畫月亮的形體，所以理當釋作月亮無疑，又《說文》「太陰之精」當為讖緯之說不可信，此外需說明上表月字諸形中，部分字與夕字諸形一致，乃是因為月、夕初始分立，後來兩字字形太過相似，造成

〔註13〕段玉裁：《說文解字注》，頁 313。

訛混成為同樣字形。

### 8. 嫭

《說文》：「嫭，甘氏星經曰太白號上公，妻曰女嫭。居南斗食屬，天下祭之曰䴏星。从女前聲。」〔註14〕知其為星名，故歸入高度相關。

按：此字未見古文字字形，又缺乏學者說解，故僅能據《說文》釋其為女嫭星。

### 9. 辰

表 2-1-7：辰字字形表

| 商代 | | | | |
|---|---|---|---|---|
| 菁 5.1《甲》 | 燕 170《甲》 | 後 1.13.4《甲》 | 甲 2878《甲》 | 甲 424《甲》 |
| 佚 59《甲》 | 甲 857《甲》 | 甲 1629《甲》 | 甲 1666《甲》 | 甲 1999《甲》 |
| 前 3.7.5《甲》 | 前 3.8.4《甲》 | 前 3.13.1《甲》 | 林 11.2《甲》 | 林 11.1.11《甲》 |
| 林 1.7.10《甲》 | 林 1.15.3《甲》 | 林 1.15.4《甲》 | 存 2737《甲》 | 佚 383 背《甲》 |
| 佚 414《甲》 | 前 4.2.6《甲》 | 鐵 38.2《甲》 | 甲 2274《甲》 | 明藏 807《甲》 |
| 前 1.35.6《甲》 | 河 8《甲》 | 京津 3108《甲》 | 甲 60《續甲》 | 乙 1434《續甲》 |
| 錄 8《續甲》 | 摭續 119《續甲》 | 新 4667《續甲》 | 弋卣《金文》 | |

〔註14〕段玉裁：《說文解字注》，頁 616。

| 西周 | ![矢方彝] | ![矢尊] | ![父乙臣辰卣] | ![臣辰先父乙卣] | ![臣辰父乙爵] |
|---|---|---|---|---|---|
| | 矢方彝《金文》 | 矢尊《金文》 | 父乙臣辰卣《金文》 | 臣辰先父乙卣《金文》 | 臣辰父乙爵《金文》 |
| | ![辰父辛尊] | ![善鼎] | ![旂鼎] | ![伯中父簋] | |
| | 辰父辛尊《金文》 | 善鼎《金文》 | 旂鼎《金文》 | 伯中父簋《金文》 | |
| 東周 | ![叔夷鐘] | ![陳章壺] | ![天星觀遣策] | ![包山141] | ![包山143] |
| | 叔夷鐘（集成1.272）《齊文》 | 陳章壺《金文》 | 天星觀·遣策《楚文》 | 包山141《戰文》 | 包山143《戰文》 |
| | ![放馬灘] | ![睡虎地] | ![關沮30貳] | ![嶽麓] | |
| | 放馬灘·日書甲4壹《秦簡牘》 | 睡虎地·日書乙109《秦簡牘》 | 關沮30貳《秦簡牘》 | 嶽麓·二十七年質日6《秦簡牘》 | |

《說文》：「辰，震也。三月陽气動，雷電振，民農時也，物皆生。从乙匕，匕象芒達。厂聲也。辰，房星，天時也。从二，二古文上也。凡辰之屬皆从辰。」〔註15〕辰字一義為房星，為星名。因此放入高度相關。

按：辰字根據上表可知《說文》釋形有誤，辰字亦不可能為形聲字，釋義亦甚可疑。郭沫若、徐中舒皆認為辰字為蜃器，其說可從，又《說文》晨、辱字可佐證之。晨字商代字形「![字形]前4.10.3」為兩手持辰，字形已說明辰為兩手所持之器具，綜上可知辰本義必為耕具，與星象無涉。

## 第二節　中度相關

中度相關者為字義指稱為時間〔註16〕、狀態、位置、傳說、文化信仰等，非直指日、月、星，三天體者，但亦不至於脫離其指涉天體，乃是據其衍生而出之義。本節共錄28字，如下：示、祭、晉、烏、槫、杲、杳、東、叒、旭、暘、暢、晛、曹、晵、晦、暨、冥、朔、朏、霸、朓、朒、姓、望、湦、霽、墳。

---

〔註15〕段玉裁：《說文解字注》，頁745。
〔註16〕依天體星象而延伸的時間，但須其本義中有用為天體星象者，方可納入此類。

## 1. 示

表 2-2-1：示字字形表

| 商代 | 鐵 2.28.3《甲》 | 前 2.38.2《甲》 | 乙 972 反《甲》 | 林 1.18.10《甲》 | 戬 1.9《甲》 |
|---|---|---|---|---|---|
| | 後 1.1.5《甲》 | 寧滬 1.112《甲》 | 甲 803《續甲》 | 錄 602《續甲》 | |
| 東周 | 秦駰玉版·甲摹《秦文》 | 秦駰玉版·乙摹《秦文》 | 秦陶 1087《戰文》 | 秦印《戰文》 | 貨幣大系 350《戰文》 |

《說文》：「示，天垂象見吉凶，所以示人也。从二三垂，日月星也。觀乎天文，以察時變，示，神事也。凡示之屬皆从示。示古文示。」〔註17〕《說文》言「天垂象以示人」，其象又指為日月星三者，理當放入高度相關言。

按：甲骨文中的「示鐵2.28.3」和的「示乙972反」兩種字形最為常見，若以古文字書寫慣例，長橫上常繁加一短橫，則兩個字形實際上可以只做「示」形看待，但「示」此形該如何解釋？《說文》以「从二三垂」解釋示義，明顯與甲骨文中常見的字形不合，葉玉森、商承祚、明義士等多數學者已有提及。「葉玉森依「示」字形，上一象天，丨象神自天而下，解為神由天降至地；商承祚則依「示」，示為神主，旁為祭酒；丁山以為示字乃依圖騰柱，季旭昇引陳夢家說解為神主一義」〔註18〕，綜論上述各家，葉玉森之說為比附《說文》之義；商承祚將示解為神主甚為妥當，然四點為祭酒或推論過多，甲骨文字形中在「示」之外有黑點者少見，唯東周以後「示」下加點才成為常用，丁山之說亦不可信，誠如勞榦所言未見其實物，證據不足，難以斷定。季旭昇一說可信，然而示等同主字，仍有所疑慮，主字所見甲骨文大多作燭台貌，然而若說示字部分訛為主，尚可採納。

---

〔註17〕段玉裁：《說文解字注》，頁2。

〔註18〕各家說法可參考古文字詁林編纂委員會：《古文字詁林（第一冊）》（上海：上海教育出版社，1999 年），頁 70、74。及季旭昇：《說文新證》（臺北：藝文印書館，2002 年），頁 39～40。

## 2. 禜

《說文》：「禜，設緜蕝為營，以禳風雨雪霜、水旱癘疫於日月、星辰、山川也。从示从營省聲。一曰禜，衛使災不生。」〔註19〕《說文》義為禳災於日月、星辰、山川，屬與天文直接相關，故應歸入高度相關

按：此字未找到古文字字形，又缺乏各家說解，僅能依《說文》釋義為禳祭日月、星辰、山川，使其勿降風雨雪霜之災。

## 3. 瞥

《說文》：「瞥，惑也。从目熒省聲。」〔註20〕瞥惑二字疑其指火星熒惑，然又不確定其義，且《說文》此義或為瞥字惑之義，並不為瞥惑兩字合義，故歸入中度相關。

按：瞥字未見古文字字形，又無其他說解，只能藉《說文》釋義。

## 4. 烏

表 2-2-2：烏字字形表

| 西周 | 何尊《金文》 | 沈子它簋《金文》 | 弔趯父卣《金文》 | 班簋《金文》 | 威鼎《金文》 |
|---|---|---|---|---|---|
| | 效卣《金文》 | 寡子卣《金文》 | 毛公鼎《金文》 | 禹鼎《金文》 | |
| 東周 | 鱎鎛《金文》 | 徼兒鐘《金文》 | 曾侯乙鐘《戰文》 | 割篙鐘《金文》 | 鄂君啟舟節《金文》 |
| | 郭店·唐虞之道8《楚文》 | 郭店·語叢1.33《戰文》 | 包山3《戰文》 | 睡虎地·日書乙187《秦簡牘》 | 關沮324《秦簡牘》 |

《說文》：「烏，孝鳥也，象形。孔子曰烏亏呼也，取其助氣，故以為烏呼。

---

〔註19〕段玉裁：《說文解字注》，頁6。
〔註20〕段玉裁：《說文解字注》，頁135。

凡鳥之屬皆从鳥。🐦古文鳥，象形。🐦象古文鳥省」〔註21〕此處未見與天文相關。又焉字：「焉鳥，黃色，出於江淮，象形。凡字，朋者，羽蟲之長。烏者，日中之禽。……所貴者故皆象形。焉亦是也。」〔註22〕焉字在論及所貴者皆象形之義時，談及烏字傳說為日中之禽，故筆者將之列於中度相關。

按：從上表西周各字形中，可得出「是為一種鳥形」的結論，然而是為何鳥形，則可從《說文》說解得知，此字本義如同《說文》云「孝鳥也」即烏鴉，此字從東周訛變成兩個部分，最後變成另一個字「於」，實際上此種「訛變」自西周弔蘁父卣、禹鼎便可見此種傾向，由於屬於頭部的上半部分筆畫過於繁瑣，於是簡略成「ナ」、「𠤎」兩形，再來便逐漸擴大與身體的距離變成了兩個部分。

### 5. 榑

《說文》：「榑，榑桑，神木，日所出也。从木專聲。」〔註23〕據此知榑字為傳說中日所出神木，並未與日月星三者直接相關，故歸入中度相關。

按：缺乏古文字字形，又無各家說解，故依《說文》榑字可知榑為榑桑，為日所出之神木。

### 6. 杲

表 2-2-3：杲字字形表

| 商代 | 乙 1161《續甲》 | 乙 4488《續甲》 | 佚 11《續甲》 | | |
|---|---|---|---|---|---|
| 東周 | 包山 87《楚文》 | | | | |

《說文》：「杲，明也。从日在木上，讀若稿。」〔註24〕本字因為《說文》言明也，為一時間，然而其字形又有取象日在神木上為傳說者，故置於中度相關。

---

〔註21〕段玉裁：《說文解字注》，頁 157。
〔註22〕段玉裁：《說文解字注》，頁 157。
〔註23〕段玉裁：《說文解字注》，頁 252。
〔註24〕段玉裁：《說文解字注》，頁 252。

按：《說文》言「從日在木上」，又商代諸形均是日在木上之形，然而「日在木上」應是何義？曾憲通引《詩・伯兮》：「杲杲出日」，補證錫永：「日將出為杲」一說〔註25〕，其說可從，因為日將出，故而光照四方，方有明之義。

### 7. 杳

表 2-2-4：杳字字形表

| 商代 | | |  |  |  |
|---|---|---|---|---|---|
| | 後 2.39.16《甲》 | 甲 427《甲》 |  |  |  |
| 東周 | |  |  |  |  |
| | 包山 95《包山文》 |  |  |  |  |

《說文》：「杳，冥也，從日在木下。」〔註26〕杳字《說文》言「冥也」，又此字「在木下」為榑桑神木下為傳說，放於中度相關。

按：此字商代至東周字形，並無變異，均為日在木下形。從杲字說，日在木上為日將出，日在木下則日已西沉，莫字為日且冥，而此處杳字訓為冥也，可知此冥字同莫字之冥，乃日西沉，幽而無光。

### 8. 東

表 2-2-5：東字字形表

| 商代 | | | | | |
|---|---|---|---|---|---|
| | 甲 272《甲》 | 甲 436《甲》 | 燕 403《甲》 | 續 1.52.5《甲》 | 明藏 732《甲》 |
| | |  |  |  |  |
| | 前 6.26.1《甲》 |  |  |  |  |

〔註25〕可參考古文字詁林編纂委員會：《古文字詁林（第五冊）》（上海：上海教育出版社，2002 年），頁 859。
〔註26〕段玉裁：《說文解字注》，頁 252。

| 西周 | | | | | |
|---|---|---|---|---|---|
| | 臣卿簋《金文》 | 效卣《金文》 | | | |
| 東周 | | | | | |
| | 東周左師壺《金文》 | 鄷叔之仲子平鐘（集成 01.175）《齊文》 | 包山 207《戰文》 | 九店 56.54《戰文》 | 放馬灘・日書甲 61 壹《秦簡牘》 |
| | | | | | |
| | 睡虎地・日書甲 126 背《秦簡牘》 | | | | |

《說文》：「東，動也。从木，官溥說从日在木中，凡東之屬皆从東。」〔註27〕東字同杲、杳二字，木為扶桑神木，故放於中度相關。

　　按：東字《說文》釋義「動也」下引官溥說言日在木中，與上杳杲兩字說解相較，知動也二字當因此言之。然而以此義審視商代甲文諸形，卻難以見其日在木中之義，如以下字例中間部分「燕403」、「續1.52.5」、「明藏732」和「前6.2.61」，以此四字觀之，若勉強將燕403、續1.52.5視作日蝕或常態的太陽，尚可解釋，然而明藏732、前6.2.61兩形則絲毫不能解釋，如何說明那兩橫畫於日中、木字存於日中。由此可知日在木中一說，斷不可依，此一說法季旭昇已有所提及，然而東為何義？丁山、徐中舒、高鴻縉等諸位學者〔註28〕由古文字形判斷，進而提出了東為橐之義，此義亦多為學者採納。

## 9. 焱

表 2-2-6：焱字字形表

| 商代 | | | | | |
|---|---|---|---|---|---|
| | 亞若癸匜《金文》 | 亞若癸鼎《金文》 | | | |

〔註27〕段玉裁：《說文解字注》，頁271
〔註28〕可參考古文字詁林編纂委員會：《古文字詁林（第六冊）》，頁4、6、8。

| 西周 | 我鼎《金文》 | 父己爵《金文》 | 毛公鼎《金文》 | | |
|---|---|---|---|---|---|
| 東周 | 鄦大史申鼎（集成 05.2732）《齊文》 | （若）詛楚文·巫咸《秦文》 | （桑）包山 92《楚文》 | 放馬灘·日書甲 31《秦簡牘》 | （若）睡虎地·效律 27《秦簡牘》 |
| | （桑）睡虎地·封診式 9《秦簡牘》 | | | | |

《說文》：「叒，日初出東方暘谷所登榑桑，桑木也，象形。凡叒之屬皆从叒。叒 籀文」〔註 29〕叒字即榑桑神木用字，為傳說日出東方暘谷所登，故置於中度相關。

　　按：此字觀上表，應將其分釋為「桑」、「若」二字，若僅從西周以前各字形看，則叒字與若字極度相似，惟若字下方加口形，然而如果依此將叒字視為若字，則又過矣。《說文》：「桑，蠶所食葉木，从叒木。」〔註 30〕又《說文》：「若，擇菜也。从艸右。右，手也。一曰杜若，香草。」〔註 31〕依循叒字《說文》中「桑木也」與此處相較，可知此字當訓為桑字較為合乎文義，如果釋作「若」字，則在字義上離得太遠，因此當釋為傳說中的太陽初登之神木「扶桑」用字，但是假設此說成立，將造成這個部首同時存在「叒」和「桑」兩字，而此字又與桑字無別。筆者認為在《說文》收字時，必然發現此一問題，而限於解釋桑字，又必須將字形上半部分分開敘述，故拆成叒與木兩個部件，因而有桑木之義。部分學者主張叒字乃依若字拆解而成，此說可從西周以前諸字形分析而得。然而此處筆者必須指明兩件事情，其一、自睡虎地秦簡諸形等秦系文字看則叒字又離若字過遠，較近於桑字。此種情況乃是因為放馬灘、睡虎地等出土材料較接近漢代的書寫文字，其二、牽涉《說文》本身編排問題，如果叒字乃依若字拆解而成，是否應列為若字相關呢？基於以上兩種理由可知《說文》編纂時採納此字之理由。最後假使這個說法

〔註 29〕段玉裁：《說文解字注》，頁 272。
〔註 30〕段玉裁：《說文解字注》，頁 272。
〔註 31〕段玉裁：《說文解字注》，頁 43。

成立，則叒字字形來源實則並非是從西周金文或更早字形而來，而是由桑字而來，實亦即桑字，惟傳說用為太陽初登扶桑神木之特殊用法。

## 10. 旭

《說文》：「旭，日旦出皃。从日九聲，讀若好，一曰朙也。」〔註32〕旭字已言日旦出貌，據此判為與日直接相關，說明太陽的樣貌，故歸入高度相關。

按：此字未見古文字字形，而由《說文》說解知旭字義為日出。日旦出，可知明也，故《說文》增一明義。

## 11. 晹

《說文》：「晹，日覆雲暫見。从日易聲。」〔註33〕《說文》已言日覆雲，說明太陽被雲遮掩，主要指稱為太陽，因此歸入高度相關。

按：此字缺乏說解，且未找到古文字字形，僅能依《說文》，解其義為日覆於雲而暫見。

## 12. 暘

表 2-2-7：暘字字形表

| 東周 | 包山187《戰文》 | | | | |
|---|---|---|---|---|---|

《說文》：「暘，日出也。从日易聲。虞書曰：曰暘谷。」〔註34〕此字可作「暘谷」為傳說中日出之處，故歸入中度相關。

按：此字由於字形較少，又缺乏說解，僅依《說文》解其義為日出。

## 13. 晛

表 2-2-8：晛字字形表

| 商代 | 珠318《續甲》 | 珠320《續甲》 | 珠652《續甲》 | | |
|---|---|---|---|---|---|

---

〔註32〕段玉裁：《說文解字注》，頁303。
〔註33〕段玉裁：《說文解字注》，頁304。
〔註34〕段玉裁：《說文解字注》，頁303。

《說文》:「晛，日見也。从日見，見亦聲。詩曰見晛曰消。」〔註35〕《說文》為日見義，與日字為直接關係，歸入高度相關。

　　按:晛字從商代諸形可明顯看出是一人見日之形，又《說文》解釋與字形相符。「李孝定據韓詩:『曣晛聿消』，曣晛表日出一詞，認為晛當為日見是為日現一義」〔註36〕，其說可從。

14. 䁠

　　《說文》:「䁠，星無雲暫見也。从日燕聲。」〔註37〕此字星無雲暫見已說明星為主要指稱，故歸入高度相關。

　　按:此字缺乏字形，又無各家說解，故依《說文》釋其義為星無雲而暫見。

15. 昃

　　表 2-2-9：昃字字形表

| 商代 | ![乙18] | ![乙32] | ![鐵110.1] | ![天70] | ![甲2947] |
|---|---|---|---|---|---|
| | 乙 18《甲》 | 乙 32《甲》 | 鐵 110.1《甲》 | 天 70《甲》 | 甲 2947《續甲》 |
| 東周 | ![滕侯吳戟] | ![包山173] | ![包山181] | | |
| | 滕侯吳戟《金文》 | 包山 173《包山文》 | 包山 181《包山文》 | | |

　　《說文》:「昃，日在西方時側也。从日仄聲。易曰:日昃之離。」〔註38〕此字已言日在西方時側，明顯與太陽有直接關係，故放入高度相關。

　　按:從上述各字形看，知昃字構形為人和日，從商代字形中可得出日於人旁一義，此與羅振玉藉古文字形而得日在人側相符〔註39〕，又此字《說文》釋義與據古文字字形而得的日在人側一義略有不同，實際上藉由上表商代所列諸字形，僅能得出「日在人側」這一結論，難以推論日於東方或是西方，至東周亦然，據此言之，或不必將昃字定為日在西方時側之義。

〔註35〕段玉裁:《說文解字注》，頁 304。
〔註36〕說法可參考古文字詁林編纂委員會:《古文字詁林（第六冊）》（上海:上海教育出版社，2003 年），頁 396。
〔註37〕段玉裁:《說文解字注》，頁 304。
〔註38〕段玉裁:《說文解字注》，頁 305。
〔註39〕可參考古文字詁林編纂委員會:《古文字詁林（第六冊）》，頁 403。

16. 晦

表 2-2-10：晦字字形表

| 商代 | （每，卜辭用每為晦）。甲573《甲》 | | | |
|---|---|---|---|---|
| 東周 | 楚帛書甲《戰文》 | 楚帛書丙 3.27《楚文》 | 睡虎地・封診式 73《秦簡牘》 | 嶽麓・占夢書 5《秦簡牘》 |

《說文》：「晦，月盡也。從日每聲。」〔註 40〕已言月盡也，故歸入高度相關。

按：晦字商代卜辭用每字代替，所以並無法依其推測晦字字義，加之據《說文》知其為形聲字，「馬敘倫、孫海波認為晦字本義為冥」〔註41〕，此處筆者認為晦字或可直接從《說文》釋義即可，為月盡義，冥則為其引申義。

17. 暨

表 2-2-11：暨字字形表

| 東周 | 元年上郡假守暨戈・拿（珍金・92）《戰文》 | （王暨）秦印編 128《戰文》 | | |
|---|---|---|---|---|

《說文》：「暨，日頗見。從旦既聲。」〔註 42〕從其義知為日頗見，故放入高度相關。

按：此字所見古文字形時代均為東周，且其字又已與漢代字形相近，而難以依靠字形釋義，又此字無各家說解，僅能依據《說文》釋義為日出之後，太陽頗見。

---

〔註40〕段玉裁：《說文解字注》，頁 305。

〔註41〕可參考古文字詁林編纂委員會：《古文字詁林（第六冊）》，頁 412。

〔註42〕段玉裁：《說文解字注》，頁 308。

18. 冥

表 2-2-12：冥字字形表

| 東周 |  | | | | |
|---|---|---|---|---|---|
| | 詛楚文‧湫淵（中吳本）《秦文》 | 詛楚文‧巫咸（中吳本）《秦文》 | 馬王堆帛書‧病方 215《秦文》 | | |

《說文》：「𡨋，窈也。从日六，从冖。日數十，十六日而月始虧，冥也。冖亦聲。凡冥之屬皆从冥。」﹝註 43﹞此處言及月相運行規律，與朔字不同，並非直接說明月相如何，而是言其規律，理應歸入中度相關。

　　按：此字所見古文字字形均近隸書冥字，難以從字形推論此字欲表達本義，又學者說解此字仍無定論，故僅能依《說文》；然而《說文》說解字形仍有部分問題，古文字字形未見六旁，且形構中「从日六，从冖」，亦未見有十，如此下句「日數十，十六日而月始虧」從何而來？此暫依《說文》暫將其義釋為冥即可。

19. 朔

表 2-2-13：朔字字形表

| 東周 | | | | | |
|---|---|---|---|---|---|
| | 十一年庱鼎《金文》 | 梁十九年鼎《戰文》 | 包山 63《戰文》 | 睡虎地‧日書乙 53《秦簡牘》 | 圖錄 3.230.3《齊文》 |

《說文》：「朔，月一日始蘇也。从月屰聲」﹝註 44﹞說明了朔字表月始蘇之日，其與下述中度相關時間之義不同，筆者在此視朔字為據月亮週期而定出的字，亦同時說明了月亮狀態，故歸於高度相關。

　　按：朔字所見東周字形固定，均為月形屰聲，朔字釋義如同《說文》為月既沒，始復圓之日。

﹝註 43﹞段玉裁：《說文解字注》，頁 312。
﹝註 44﹞段玉裁：《說文解字注》，頁 313。

20. 朏

表 2-2-14：朏字字形表

| 西周 | 九年衛鼎《金文》 | 吳方彝《金文》 | 䂁鼎《金文》 | | |
|---|---|---|---|---|---|
| 東周 | 侯馬盟書《戰文》 | 陶彙 3.236《戰文》 | | | |

《說文》：「，月未盛之明也。从月出，周書曰丙午朏。」〔註45〕朏字釋義言「月未盛之明」，其義仍在明字上，為太陽之引申義，此處釋義為月亮之亮光，因此放入中度相關。

按：朏字為會意字本義即《說文》所言，然而需要標明為月始出，故為月未盛之明。

21. 霸

表 2-2-15：霸字字形表

| 西周 | 作冊大鼎《金文》 | 令簋《金文》 | 矞鼎《金文》 | 㒼簋《金文》 | 遇甗《金文》 |
|---|---|---|---|---|---|
| | 豐尊《金文》 | 豆閉簋《金文》 | 衛簋《金文》 | 遹簋《金文》 | 䂁鼎《金文》 |
| | 頌簋《金文》 | 師奎父鼎《金文》 | 揚簋《金文》 | 弭弔盨《金文》 | 曾仲大父螽簋《金文》 |
| 東周 | 秦印編 130《秦文》 | | | | |

---

〔註45〕段玉裁：《說文解字注》，頁 313。

《說文》:「霸，月始生魄然也。承大月二日，承小月三日。从月𩁹聲。周書曰哉生霸也。」〔註46〕由引文知當為一時間單位，據月相指稱「霸」的時間，其亦有一義為月相，故歸入中度相關。

按：霸字字形複雜，又缺乏學者說解，然而月旁固定，故知霸字當與月有關，由《說文》知霸字為月始生魄之義。

### 22. 朓

《說文》:「朓，晦而月見西方謂之朓。从月兆聲。」〔註47〕由晦而月見西方之故，而歸入高度相關。

按：朓字未找到古文字字形，又無各家說解，僅據《說文》釋作晦時見月於西方之稱。

### 23. 朒

《說文》:「朒，朔而月見東方謂之縮朒。从月內聲。」〔註48〕已明言朔而見月東方，故歸入高度相關。

按：朒字未找到古文字字形，又缺乏學者說解，故依《說文》釋義為朔時見月於東方之稱。

### 24. 姓

《說文》:「姓，雨而夜除星見也。从夕生聲。」〔註49〕此字主要重點在於狀態，且非直言星，故歸入中度相關。

按：此字未找到古文字字形可供釋義，又缺乏學者說解，僅能憑藉《說文》釋為雨後夜除見星。

### 25. 望

表 2-2-16：望字字形表

| 商代 | ![甲3122] | ![乙6733] | ![前5.20.7] | ![林2.5.5] | ![明藏499] |
|---|---|---|---|---|---|
| | 甲 3122《甲》 | 乙 6733《甲》 | 前 5.20.7《甲》 | 林 2.5.5《甲》 | 明藏 499《甲》 |

〔註46〕段玉裁：《說文解字注》，頁 313。
〔註47〕段玉裁：《說文解字注》，頁 313。
〔註48〕段玉裁：《說文解字注》，頁 313。
〔註49〕段玉裁：《說文解字注》，頁 315。

| | | | | | |
|---|---|---|---|---|---|
| | 粹 1108《甲》 | 前 1.18.2《甲》 | 乙 745《甲》 | 乙 6888《甲》 | 寧滬 2.48《甲》 |
| 西周 | 保卣《金文》 | 折觥《金文》 | 臣辰盉《金文》 | 尹姞鼎《金文》 | 師聖壺《金文》 |
| | 師聖鼎《金文》 | 盠駒尊《金文》 | 舀鼎《金文》 | 師虎簋《金文》 | 事族簋《金文》 |
| | 窚鼎《金文》 | 無叀鼎《金文》 | | | |
| 東周 | (望) 郭店・語叢 2.3《戰文》 | 睡虎地・日書甲 68 背壹《秦簡牘》 | 睡虎地・日書乙 52 貳《秦簡牘》 | 睡虎地・為吏之道 29 肆《秦簡牘》 | |

《說文》:「聖，月滿也，與日相望以朝君。从月从臣从壬。壬，朝廷也。聖古文聖省」〔註50〕此字同朔字，筆者認為均是在說明月亮狀態，故歸入高度相關。

按:《說文》月滿以後字義當為附會之說，又據商代字形知月滿之義不可從，與月滿義無涉，聖字商代諸形中，可知為一人形，然特強調其眼睛部分，可知此字當為遠眺之義。

## 26. 涒

《說文》:「涒，食已復吐之。从水君聲。爾雅曰:太歲在申曰涒灘。」〔註51〕前義與日月星三者皆無關，乃因為爾雅:「太歲在申曰涒灘」而收錄之，但是涒灘一詞，仍非與日月星有直接關聯，而是一種紀時的概念，故歸入中度相關。

按:涒字缺乏古文字字形，且無各家說解，僅能依據《說文》作食已復吐之義。

---

〔註50〕段玉裁:《說文解字注》，頁 387。
〔註51〕段玉裁:《說文解字注》，頁 563。

27. 霒

表 2-2-17：霒字字形表

| 東周 | <br>郭店·太一生水 5<br>《楚文》 | <br>包山 134<br>《戰文》 | <br>璽彙 3162<br>《戰文》 | <br>璽彙 3164<br>《戰文》 | |
|---|---|---|---|---|---|

《說文》：「霒，雲覆日也。从雲今聲。𩂳古文霒省，𣄼亦古文霒。」[註52]
雲覆日，則此字主詞與暘字不同，故應歸入中度相關。

　　按：霒字缺乏各家說解，故依《說文》解作雲遮擋了太陽。

28. 堣

表 2-2-18：堣字字形表

| 西周 | <br>史頌簋《金文》 | | | | |
|---|---|---|---|---|---|
| 東周 | <br>郭店·窮達以時 8<br>《戰文》 | <br>郭店·唐虞之道 14《楚文》 | <br>仰天湖 4<br>《戰文》 | <br>仰天湖 30<br>《戰文》 | <br>九店 M56，28《楚文》 |

《說文》：「堣，堣夷，在冀州暘谷。立春之日，日值之而出。从土禺聲。
尚書曰宅堣夷。」[註53]由堣夷二字，知為傳說立春日日出之處，故歸入中度
相關。

　　按：堣字各字形接近漢隸，依據字形難知其義，又缺乏學者說解，僅能仰
賴《說文》將其釋作「堣夷」一義。

# 第三節　低度相關

　　低度相關指為字義中含有日、月、星三者，然此義非本指星象，而將其用
為引申之義者。共 3 字，如下：物、啓、碩。

---

〔註52〕段玉裁：《說文解字注》，頁 575。
〔註53〕段玉裁：《說文解字注》，頁 682。

### 1. 物

表 2-3-1：物字字形表

| 商代 | | | | |
|---|---|---|---|---|
| 甲 58《甲》 | 粹 561《甲》 | 續 2.16.2《甲》 | 續 2.23.7《甲》 | 燕 349《甲》 |
| 陳 68《甲》 | 戬.64《甲》 | 前 4.35.2《甲》（卜辭用勿為物） | 續 1.28.1《續甲》 | 徵 8.81《續甲》 |
| 龜卜 49《續甲》 | | | | |
| **東周** 會稽刻石·宋刻本《秦文》 | 龍崗 26《秦簡牘》 | 關沮 212《秦文》 | | |

　　《說文》：「牞，萬物也。牛為大物。天地之數起於牽牛，故从牛勿聲。」
〔註54〕物字惟句中所說牽牛與天文相干，《說文》：「牛為大物，天地之數起於牽牛」，以起於牽牛言萬物仍屬牽強，且前句釋義萬物，則何干天文，故放於低度相關類。

　　按：上表中所列物字諸形，多為牛加勿旁，唯「 前4.35.2 」此例，僅為一勿，未加牛旁，然其字形有註解如下，「卜辭用勿為物」，可知卜辭中物字皆做此形，《說文》說解過於曲折，牽牛與物又難以聯繫，則可知物之本義非萬物之義，學者多認同物為雜色牛，王國維以雜帛為物訓解物字為雜之義，又引〈小雅·無羊〉證之〔註55〕，楊樹達引〈淮南子·道應篇〉亦可證〔註56〕。《說文》解「物」字，過於曲折、附會牽牛，故此僅將其列為低度相關。

---

〔註54〕段玉裁：《說文解字注》，頁 53。
〔註55〕可參考古文字詁林編纂委員會：《古文字詁林（第一冊）》（上海：上海教育出版社，1999 年），頁 745。
〔註56〕古文字詁林編纂委員會：《古文字詁林（第一冊）》，頁 746～747。

2. 啓

表 2-3-2：啓字字形表

| 商代 | ![字形] | ![字形] | ![字形] | ![字形] | ![字形] |
|---|---|---|---|---|---|
| | 粹 646《甲》 | 粹 647《甲》 | 京津 3805《甲》 | 甲 547《甲》 | 甲 14.37《甲》 |
| | ![字形] | ![字形] | ![字形] | ![字形] | |
| | 甲 1561《甲》 | 乙 2128《續甲》 | 乙 2537《續甲》 | 新 3805《續甲》 | |

《說文》:「啓，雨而晝姓也。从日，啓省聲。」〔註57〕雨後見日，實與太陽本身關係不大，因此歸入低度相關。

按：啓字諸形可見，構形為日加手加戶，當是會意字意即推戶見日，又如果自古文字字形上看此字，則《說文》解釋字形有誤，當為从日从戶从手，會意。

3. 磒

《說文》:「磒，落也。从石負聲。春秋傳曰磒石於宋五。」〔註58〕其落義本身已與日月星無關，又照春秋傳用法知需有「磒石」二字方能表天象義，故歸入低度相關。

按：此字未見古文字字形，又缺乏學者說解，只能憑藉《說文》釋為落之義。

經由對上文 40 個字的本義考察，可以得知幾項事情，其一字形演變概況、其二《說文》釋義、其三本義是否有天文義。依據此三項事情可整理出下列表格，分別是有無較早字形、是否與《說文》說法相同、是否為天文用字，見下表：

---

〔註57〕段玉裁：《說文解字注》，頁 304。又此字《說文》釋義為「雨而晝姓也」，姓字為「雨而夜除星見也」，頁 315。既用姓字，則啓字必當有雨除而日見之義，故收錄於與天文相關 40 字內。

〔註58〕段玉裁：《說文解字注》，頁 450。

表 2-3-3：《說文》天文用字為天文義者一覽表

| | 古文字字形 | 與《說文》說解一致 | 確實為天文者[註59] |
|---|---|---|---|
| 示 | V | | |
| 禜 | | V | V（禳災於日月、星辰、山川） |
| 物 | V | | |
| 歲 | V | | |
| 熒 | | V | V（火星） |
| 烏 | V | V | |
| 榑 | | V | V（傅說，神木，日所出） |
| 杲 | V（字形少） | V | V（日將出） |
| 杳 | V（字形少） | V | V（日已西沉） |
| 東 | V | | |
| 叒 | V | V | V（傅說，神木榑桑） |
| 日 | V | V（附會讖緯，不可盡如其言） | V（太陽） |
| 旭 | | V | V（日旦出貌） |
| 暘 | V（字形少、僅東周） | V | V（日出之處） |
| 啓 | V（僅商代） | | |
| 晹 | | V | |
| 晛 | V（字形少、僅商代） | V | |
| 暬 | | V | |
| 仄 | V | V（疑日在人側即可） | V（日在人側） |
| 晦 | V（字形少） | V | V（月盡） |
| 昴 | | V | V（星名） |
| 暨 | V（字形少、僅東周兵器、秦印） | V | |
| 冥 | V（僅東周、字形少） | V | |
| 星 | V | V | V（星星） |
| 參 | V | | V（星名） |
| 晨 | V（僅東周） | | |
| 月 | V | | V（月亮） |
| 朔 | V（僅東周、字形少） | V | V（月始蘇） |
| 朏 | V（字形少） | V | V（月未盛之明） |

〔註59〕表格是根據高度、中度相關字並汰除已釋義為非天文者，製作此一選項。

| 霸 | V | V | V（月始生魄） |
|---|---|---|---|
| 朓 | | V | V（晦而月見西方謂之朓） |
| 朒 | | V | V（朔而月見東方謂之縮朒） |
| 姓 | | V | |
| 朢 | V | V | |
| 磒 | | V | |
| 湣 | | V | |
| 霎 | V（僅東周，字形少） | V | |
| 嫦 | | V | V（女嫦星） |
| 堨 | V | V | V（立春日，日所出之處） |
| 辰 | V | | |

透過上表可知未有古文字字形者數量為 13 個，字形表中僅在一個時代出現者共 8 個，字形偏少者〔註60〕有 23 個，若將上述未有字形表、字形偏少者，全部視為缺乏比較字形的話則共有 25 個字，比例佔 62.50%〔註61〕（四捨五入取到小數點後第二位）已超過半數，而這項結果又可以說明第二欄為何會有如此多與《說文》說解相同的釋義。而表格中的第三欄，勾選者共 22 個，但是多數字義均是從日月星三者延伸而出的；若訂定嚴格的標準〔註62〕，則此處 22 字將只剩下曇、日、晦、昴、星、參、月、嫦共 8 個字，由此可知多數《說文》所釋字義，並非直指日月星三者言，當是三者引伸義。

此外，這 40 個字尚有另一番用途，可以統計各部字與天文相關者之比例。統整結果雖然日部字 10 個為各部中最多，但其比例只占 25.00%（取至小數點後第二位）占總數的四分之一。然而此項分析有所缺失，因為非天文字義者實應排除，故應依實際考定字義修訂表格如下〔註63〕：

表 2-3-4：《說文》天文用字分布部首比例一覽表

| 部首 | 示 | 目 | 木 | 叒 | 日 | 晶 | 月 | 女 | 土 |
|---|---|---|---|---|---|---|---|---|---|
| 數量 | 1 | 1 | 3 | 1 | 6 | 2 | 6 | 1 | 1 |
| 比例 | 4.5% | 4.5% | 13.6% | 4.5% | 27.3% | 9.1% | 27.3% | 4.5% | 4.5% |

〔註60〕意指字形表所錄字形數量在 5 以下者（含 5）。
〔註61〕計算總數為與天文相關 40 個字。
〔註62〕指的是只能直接言日月星三者或是三者的狀態，並非是傳說、文化等延伸義。
〔註63〕此表計算方式均為四捨五入取至小數點後一位。

上表日部字的比例確實有提高，但是仍然未達到一半。因此若是僅依照《說文》日部字作為天文考察，則會有超過一半的天文相關義未能收入，且若是將與日部相關的晶、月納入，比例變為 63.7%，如此可以得出一個結論，如果僅是從日部字處理天文問題，則有超過一半的資料未能收入，即使加入日部相關部首，依然未能徹底解決此一問題，這也就是以部首統合字義的缺失，因此極需單純從字義下手尋找、以跳脫陷入部首框架的困擾。這正是本文撰寫目的之一，要擺脫此種只能從某一部就能窺探全部的想像思維，回歸字義本身講述是否為天文用義。

上述 40 字均據《說文》分判高、中、低相關，其下藉由古文字字形和學者說解分析其本義，然而若詳細觀察便會發現各字的天文實際相關程度，並不如《說文》記載，許多時候本義與其說解是不太一致的，據上述 40 字天文相關程度與實際本義整理成下表：

表 2-3-5：**本義與天文相關程度一覽表**〔註 64〕

| 關係程度 | 字　　例 | 數量 |
|---|---|---|
| 高度 | 歲（高～）、日（高～）、旭（中～）、暘（中～）、曹（中～）、晦（中～）、昴（高～）、暨（中～）、星（高～）、參（高～）、月（高～）、朔（中～）、朓（中～）、朒（中～）、嫦（高～）、暬（中～） | 16 |
| 中度 | 杲（中～）、杳（中～）、叒（中～）、暘（中～）、朏（中～）、霸（中～）、牲（中～）、涒（中～）、霵（中～）、堣（中～） | 10 |
| 低度 | 晛（中～）、厄（中～） | 2 |
| 無關 | 示（中～）、祭（中～）、晨（高～）、望（中～）、辰（高～）、烏（中～）、槫（中～）、東（中～）、冥（中～）、物（低～）、啓（低～）、碩（低～） | 12 |

由表中可見據《說文》說解分成高、中、低的結果，有許多誤差，其原因不外乎是《說文》成書時代均較各字晚，因此一時之間，難以明瞭本義，造成部分附會的結果，總括上表而言，可見高度 22 字中仍維持高度者僅有 16 字；占 72.7%〔註 65〕，中度相關 15 字中依然歸入中度者有 10 字，佔 66.7%；低度者 3 字中則完全歸入無關，且經過整理後表格中多出「無關」這個欄位，同時可

〔註 64〕表格中字例後方標示高、中、低者，是據《說文》說解分類的高、中、低者。
〔註 65〕四捨五入計算到小數點後第一位。

以窺見其數量竟佔整體的 30%，意即有接近三分之一《說文》認為是天文用字者，均非天文義。

此外，從本章 40 個與天文相關字中，可見諸多天文觀念、習俗，然而漢代的天文說法、天文知識，在《說文》中僅止於此嗎？若是只有此少數資料是否突顯漢人的天文理念相當支離破碎？其實《說文》是為了解經而做的〔註 66〕，而且是本字書，為說明字義之書。若當時都已不明其義，如能釋義，當以本義為先，故《說文》中多列各字本義，少有引申、假借義，造成部分漢代用為天文之字，《說文》並未收錄其義，故斷不可據以言漢代缺乏此項天文知識。在筆者未收字中，亦有表達天文知識的意涵的字義〔註 67〕。如：《說文》圜字：「天體也。從囗睘聲」〔註 68〕、《說文》无字：「奇字無，通於无者，虛無道也。王育說天屈西北為无」〔註 69〕，此二字均說明漢代對於天體的理解，但並非言天文星象者，故未收入 54 個字中。由此可知漢代天文思想中已對天有部分的認識，但是限於《說文》的體式，造成多數字未能具體說明其天文義，因此有待下三章論述傳世文獻中的天文意涵以補足。

---

〔註 66〕可見《說文解字·敘》：「壁中書者，魯恭王壞孔子宅而得禮記尚書、春秋、論語、孝經，又北平侯張蒼線春秋左氏傳，郡國亦往往於山川得鼎彝，其銘即茚代之古文皆自相佀……而世人大共非訾，以為好奇者也，故詭更正文，鄉壁虛造不可知之書，變亂常行以燿於世，諸生競逐《說文》解經誼，稱秦之隸書為倉頡時書云父子相傳何得改易？乃猥曰馬頭人為長，人持十為斗，虫者屈中也。……」又「蓋文字者，經藝之本，王政茚人所以垂後，後人所以釋古，故曰本立而道生，之天下之至嘖，而不可亂也。今敘篆文，合以古籀，博采通人，至於小大，信而有證，稽譔其說，將以理羣類，解謬誤，曉學者達神恉，分別部居，不相離廁也。」第一段引文說明世人之謬誤，改易其文以求燿顯於世，而諸生則是曲《說文》字，使人難解其義。於是則有下段引文許慎感文字為經藝之本不可亂也，於是將篆文合以古籀，博采諸說，以理各類，分部別居，整理文字，彰顯其義，遂成《說文解字》。段玉裁：《說文解字注》（上海：上海古籍出版社，1981 年）（引文一，頁761～762；引文二，頁 763。）

〔註 67〕此處所指是為不含有天文用字（日月星三者），且其義僅為概括式說明天文知識者，一種對運作的認識，與上述 40 個字不同，上述 40 字均具體指涉某項與日月星相關義，此處則較為模糊或是僅是一種認識，一種通用說法而非確切地指為某具體義。

〔註 68〕段玉裁：《說文解字注》，頁 277。

〔註 69〕段玉裁：《說文解字注》，頁 634。

# 第參章　與日字有關字群之詞義演變析論

　　據上一章所論，可知《說文》所收字其本義確與為天文相關者僅有 22 字。這代表著兩件事情，其一便是說明《說文》上記載為天文意義的字，有近乎一半的比例本義是不用作「天文」使用的；其二是延伸上一點反思可得，在上一章中使用的材料、判斷的標準均存在一個盲點，是《說文》一書體例的設限，也就是釋義旨在詮釋「本義」，未加入大量的引申義。這也引發本文另一個思考方向，而這又可分為兩種假設，其一部分《說文》字義或許為引申義，因此未能從字形、本義的探討過程中發現「天文」的意涵；其二《說文》字義確實為「本義」〔註1〕，然而此本義乃是藉由作者當時所見詞義推究而來，並非造字的本義，此外，在理解「引申義」的同時，勢必明瞭「義的延伸」〔註2〕這項內在條件，也就是在詞的基礎上，文字是透過文獻詞例才能理解為何義，若僅從第二章的方式處理「天文義」，勢必造成忽略字義引申轉變的「結果」〔註3〕。

　　肇因於此，本文第三、四、五章部分，意欲藉由整理出土文物、傳世文獻的詞例，歸納分析出用為天文義的字例，進而深入理解各個文獻與說文詞義的

〔註1〕《說文》作者認為的本義。
〔註2〕意旨本義、引申義、假借義三者。
〔註3〕意謂放棄對於引申義的探討，割裂與本義之間的關係，同時否決了 54 字中，曾出現在文獻內為天文義的用法的實證，如此一來缺乏對於引申假借義的論述。

差別，統計文獻內用為天文的比例。鑒於第二章分類不均、各類間數量懸殊，且缺乏一個較為統一的判斷標準，因此第三、四、五章部分將改採用漢代流行的「三光」依序〔註4〕排列，依序是日、月、星三部分，然而其中第四章月的部分緣於討論字數較少與其他兩章差異過大，因此將《說文》字義中涵蓋日、月、星，或雜揉不單指一項字義的字歸入第四章。現將各字歸屬章節表列於下方，以供參酌。

表 3-0-1：收錄字例劃分各章一覽表

| | 1 | 2 | 3 | 4 | 5 | 6 | 7 | 8 | 9 | 10 |
|---|---|---|---|---|---|---|---|---|---|---|
| 日字相關 | 烏 | 艫 | 榑 | 杲 | 杳〔註5〕 | 東 | 叒 | 日 | 旭 | 暘 |
| | 啓 | 暘 | 晛 | 曹 | 暈 | 厢 | 暨 | 霠 | 塓 | 钄 |
| 月字相關 | 晦 | 冥 | 月 | 朔 | 朏 | 霸 | 朓 | 肭 | 朢 | 示 |
| | 祭 | 碩 | | | | | | | | |
| 星字相關 | 物 | 歲 | 曑 | 畢 | 杓 | 梧 | 孛 | 昴 | 晶 | 星 |
| | 參 | 晨 | 姓 | 罶 | 仢 | 淁 | 嫚 | 嫢 | 氐 | 斗 |
| | 魁 | 辰 | | | | | | | | |

由上表可知，本章共收錄日字相關 20 字，月字及星字則置於第四、五章討論，本章值得一提的是當中《說文》收為日部字的僅有 9 個，而關於那些計算問題已在上一章提起，本章不再贅述。此處所謂與日字相關，意即收納的 20 字釋義均為日，也就是太陽的相關詞義，如「烏」字為日中烏、「厢」為日在西方時側、「霠」是雲覆日之義⋯⋯等。另外，須注意的是「榑」、「叒」、「暘」、「塓」4 字，《說文》說解此四字字義時，提及「榑桑」、「暘谷」、「塓夷」等幾個特有名詞，加以「神木」、「日所出」、「日初出東方所登榑木」說明，而四字在回查出土文物與十三經後，僅在《尚書》的〈虞書・堯典〉、〈夏書・禹貢〉兩篇見「暘谷」、「塓夷」，但是依舊未見「榑」、「叒」，又據徐鍇、段注說解知此二字出現於《淮南子》、《山海經》⋯⋯等傳說之中，唯《山海經》云：「湯谷」而非「暘谷」，然而此一問題段注已說明是誤將二者合一〔註6〕，據此說來當可

---

〔註4〕排列依準為《說文解字》中對字義說解，劃分為日、月、星三部。
〔註5〕杲、杳二字，《說文》以日在木上、日在木下說明，又據段注說解木為榑桑神木，故錄為此章日之相關字群。
〔註6〕詳參段玉裁：《說文解字注》，頁 682，「⋯⋯在冀州暘谷，偽孔云。日出於谷而天

推斷，「暘」、「堣」兩字是據經典存字而，「榑」、「叒」兩字理應為《說文》據傳說而存字。

## 第一節　出土文物中的詞義

由於出土文物資料過於龐大，難以將全部詞例均列於下方表格，且若將全部資料陳列於下，則恐致本節篇幅過多，聚焦未精之疑。於是在多方考量下此處僅羅列出土文物所見用為天文詞義，如欲察看詞例詳目，可參照附錄四。本章收錄日字相關烏、鵻、榑、杲、杳、東、叒、日、旭、暘、啓、暍、晛、替、暈、昄、暨、霒、堣、钀，共 20 字中，就目前所見出土文物資料僅「鵻」、「東」、「日」三字在詞例中存有天文義，說明及詞例詳見下方表格：

表 3-1-1：與日字相關天文詞例見於出土文物一覽表

| 排序 | 字例 | 出土文物 | 詞　例 | 說　明 |
|---|---|---|---|---|
| 1 | 烏 | | | |
| 2 | 鵻 | 關沮·日書(秦) | 此（觜）鵻（巂）（150）、此（觜）鵻（巂）（165） | 「鵻」字用為天文，僅見於〈關沮·日書〉中簡 150、165 兩例。又鵻字實為巂字假借，「觜巂」兩字指的是二十八宿中的觜宿，為星名。然而此處「鵻」字段注說解提及日旁刺氣之「钀」字，故置於此章。 |
| 3 | 榑 | | | |
| 4 | 杲 | | | |
| 5 | 杳 | | | |
| 6 | 東 | 曾侯乙墓漆箱蓋（戰國早） | 東縈、東井 | 東字用為天文義者，多為星名如曾侯乙漆箱蓋的東井、東縈，此外〈睡虎地·日書甲〉簡 1，簡文東字指的是二十八宿之一的東壁，簡稱為東，但此用法未見於其他文物，是為孤證。 |
| | | 睡虎地·日書甲（戰國晚） | 五月東〔註7〕（1） | |

下明。故稱暘谷。似以此暘谷與日初出東方湯谷合而一之。其謬不亦甚乎。（堣字）」湯谷則可參考叒字釋義。

〔註7〕東壁也，28 宿之一。

| 7 | 㸚 | | | |
|---|---|---|---|---|
| 8 | 日 | 訇簋（西周晚） | 王才（在）射日宮 | 日字為太陽，故其用為天文者亦為太陽也。 |
| | | 徐諧尹鉦鋮（春秋晚） | 〈唯〉正月初吉，日才（在）庚 | |
| | | 包山・卜筮祭禱（戰國中偏晚） | 由攻解日月與不殆（248） | |
| | | 睡虎地・日書甲（戰國晚） | 日衝（1背）日出炙其（21背肆）雖雨，見日（41）以望之日日始出而食之（68背壹）毋以辛壬東南行，日之門也。（132）日虒見，有告，令復見之（157）、日虒見，有告，聽（158肆）、日虒見，不言，得（159肆）、日虒見，請命，許（160肆）、日虒見，有告，不聽（161肆）、日虒見，有告，禺（遇）奴（怒）（162肆）、日虒見，造，許（163肆）、日虒見，有後言（164肆）、日虒見，請命，許（165肆）、日虒見，有惡言（166肆） | |
| | | 睡虎地・日書乙（戰國晚） | 窨日（41壹）、敦日（42壹）、衝日（43壹）、剽日（44壹）、虛日（45壹）日則（戻）（233壹）秦律雜抄：不急者，日觱（畢）（183）、行傳書、受書，必書其起及到日月夙莫（暮）（184） | |
| | | 關沮・日書（秦） | 日入（162）、日過中、日失（昳）（163）、日出時（166）、日龜（167）、日入（168）日失（昳）時、日夕時、日中（245） | |
| | | 關沮・病方及其他（秦） | 操兩瓦，之東西垣日出所燭（329）、日出俊、日中式、日入雞（367）浴蠶（蠶）必以日龜（纏）始出時浴之（369） | |
| | | 里耶J1（8）（秦） | 正月戊戌日中（157背） | |

| | | | | |
|---|---|---|---|---|
| | | 馬王堆·足臂十一脈灸經（漢） | 月與日相當、日與月相當（199）、以日出為之（200）以日出時（206） | |
| | | 馬王堆·雜療方（漢） | 貍（埋）清地陽處久見日所（42） | |
| | | 馬王堆·春秋事語（漢） | 日以有幾也（74） | |
| | | 馬王堆·二三子問（漢） | 高尚虖（乎）星辰日月而不眺（1） | |
| 9 | 旭 | | | |
| 10 | 暘 | | | |
| 11 | 啓 | | | |
| 12 | 晹 | | | |
| 13 | 晛 | | | |
| 14 | 晢 | | | |
| 15 | 暈 | | | |
| 16 | 厔 | | | |
| 17 | 暨 | | | |
| 18 | 霽 | | | |
| 19 | 塌 | | | |
| 20 | 鑴 | | | |

　　據上表可知三字除日字可單獨一字表達天文意義外，其餘二字均需透過與其他字組合方能產生天文義，若表為一「觴」、「東」[註8]字則未見用於天文者。再者，透過上述表格與附錄的詞例總目計算，可以產生下面有關於各字之間用為天文義的比例圖，如下：

表 3-1-2：出土文物與日字相關天文詞例比例表

| 字例 | 天文者數量 | 出現總數 | 比例[註9] |
|---|---|---|---|
| 烏 | 0 | 42 | 0% |
| 觴 | 2 | 13 | 15.38% |
| 榑 | 0 | 0 | 0% |
| 杲 | 0 | 1 | 0% |

---

〔註8〕上表中雖有「五月東」，但東字卻是東壁簡稱，並非單獨東字用法。
〔註9〕取至小數點後第二位。

| | | | |
|---|---|---|---|
| 杳 | 0 | 1 | 0% |
| 東 | 3 | 267 | 1.12% |
| 叒 | 0 | 0 | 0% |
| 日 | 49 | 892 | 5.49% |
| 旭 | 0 | 0 | 0% |
| 晹 | 0 | 1 | 0% |
| 啓 | 0 | 0 | 0% |
| 晹 | 0 | 1 | 0% |
| 睍 | 0 | 0 | 0% |
| 暜 | 0 | 0 | 0% |
| 暈 | 0 | 0 | 0% |
| 厏 | 0 | 10 | 0% |
| 暨 | 0 | 3 | 0% |
| 零 | 0 | 3 | 0% |
| 堨 | 0 | 14 | 0% |
| 钄 | 0 | 0 | 0% |

　　表格中可見在出現總數一欄，少有超過 20 條者，超過 100 條者更少，並且多數均低於 10 條。除常用字東、日、烏超過 20 條詞例以外，總數為零或是低於 10 條者共有 14 個字，扣除只見於《說文》而根本未見於出土文物中的 8 字，則仍有 8 字總數偏少，這種情形導致分析比例缺乏作用。再者，多數字在出土文物中並未見有用為天文的詞例出現，用為天文者比例又偏低，由此二點可知《說文》與日相關天文字群在出土文物方面較少用於天文義。

## 第二節　傳世文獻中的詞義

　　本節羅列傳世文獻所見用為天文詞義。本節收錄烏、鑭、榑、杲、杳、東、叒日、旭、晹、啓、晹、睍、暜、暈、厏、暨、零、堨、钄共 20 字，目前所見傳世文獻詞例資料僅有「鑭」、「日」、「旭」、「晹」、「睍」、「厏」、「堨」、「钄」8 字在詞例中存有天文義，說明及詞例詳見下方表格：

表 3-2-1：與日字相關天文詞例見於傳世文獻一覽表

| 排序 | 字例 | 文　獻 | 詞　　例 | 說　明 |
|---|---|---|---|---|
| 1 | 烏 | | | |

| 2 | 艫 | 禮記·月令〔註10〕 | 仲秋之月。日在角。昏牽牛中。旦觜艫中。 | 「觜艫」二字是為28宿中觜宿，此處觜艫連用可參上節出土文物中艫字說明。 |
|---|---|---|---|---|
| 3 | 榑 | | | |
| 4 | 杲 | | | |
| 5 | 杏 | | | |
| 6 | 東 | | | |
| 7 | 叒 | | | |
| 8 | 日 | 周易·乾〔註11〕 | 夫大人者與天地合其德。與日月合其明。 | 此處日字亦同出土文物用法，均指太陽而言。 |
| | | 周易·豫 | 地以順動。故日月不過。而四時不忒。 | |
| | | 周易·離 | 彖曰。離。麗也。日月麗乎天。百穀草木麗乎土。……九三。日昃之離。不鼓缶而歌。……象曰。日昃之離。何可久也。 | |
| | | 周易·恆 | 日月得天。而能久照。四時變化。而能久成。 | |
| | | 周易·豐 | 豐。亨。王假之。勿憂。宜日中。……日中則昃。月盈則食。天地盈虛。與時消息。……六二。豐其蔀。日中見斗。……九三。豐其沛。日中見沬。……九四。豐其蔀。日中見斗。……象曰。豐其蔀。位不當也。日中見斗。幽不明也。 | |
| | | 周易·繫辭上 | 八卦相盪。鼓之以雷霆。潤之以風雨。日月運行。……陰陽之義配日月。易簡之善配至德。……變通莫大乎四時。縣象著明莫大乎日月。崇高莫大乎富貴。備物致用。 | |
| | | 周易·繫辭下 | 天地之道。貞觀者也。日月之道。貞明者也。……蓋取諸益。日中為市。致天下之民。聚天下之貨。……日往則月來。月往則日來。日月相推而明生焉。 | |
| | | 周易·說卦 | 雨以潤之。日以烜之。……離為火。為日。為電。 | |

〔註10〕〔漢〕鄭玄注，〔唐〕孔穎達正義：《禮記》（十三經注疏阮元校勘本，臺北：藝文印書館，1989 年 1 月），頁 17，詞例資料中標示為《禮記》者，出處均為本書。

〔註11〕〔魏〕王弼、韓康伯注，〔唐〕孔穎達正義：《周易》（十三經注疏阮元校勘本，臺北：藝文印書館，1989 年 1 月），頁 324，資料中標示為《周易》者，出處均為本書。

| | |
|---|---|
| 尚書・虞書・堯典〔註12〕 | 乃命羲和。欽若昊天。曆象日月星辰。敬授人時。分命羲仲。宅嵎夷。曰暘谷。寅賓出日。平秩東作。日中星鳥。以殷仲春。……日永星火。以正仲夏。……寅餞納日。平秩西成。宵中星虛。以殷仲秋。……平在朔易。日短星昴。以正仲冬。 |
| 尚書・虞書・益稷 | ……予欲觀古人之象。日。月。星。辰。山。龍。華蟲。作會。 |
| 尚書・周書・泰誓下 | 惟我文考若日月之照臨。光于四方。 |
| 尚書・周書・洪範 | ……庶民惟星。星有好風。星有好雨。日月之行。則有冬有夏。 |
| 尚書・周書・無逸 | 自朝至于日中昃。不遑暇食。 |
| 尚書・周書・君奭 | 我咸成文王功于不怠。丕冒海隅出日。罔不率俾。 |
| 尚書・周書・泰誓 | 惟受責俾如流。是惟艱哉。我心之憂。日月逾邁。 |
| 毛詩〔註13〕・邶風・柏舟 | 靜言思之。寤辟有摽。日居月諸。胡迭而微。心之憂矣。如匪澣衣。 |
| 毛詩・邶風・日月 | 日月。衛莊姜傷己也。……日居月諸。照臨下土。……日居月諸。下土是冒。……日居月諸。出自東方。……日居月諸。東方自出。 |
| 毛詩・邶風・雄雉 | 瞻彼日月。悠悠我思。 |
| 毛詩・邶風・匏有苦葉 | 雝雝鳴鴈。旭日始旦。士如歸妻。迨冰未泮。 |
| 毛詩・邶風・簡兮 | 簡兮簡兮。方將萬舞。日之方中。在前上處。 |
| 毛詩・衛風・伯兮 | 其雨其雨。杲杲出日。願言思伯。甘心首疾。 |
| 毛詩・王風・君子于役 | 雞棲于塒。日之夕矣。……雞棲于桀，日之夕矣。 |

〔註12〕〔漢〕孔安國傳，〔唐〕孔穎達正義：《尚書》（十三經注疏阮元校勘本，臺北：藝文印書館，1989 年 1 月），頁 21，詞例資料中標示為《尚書》者，出處均為本書。
〔註13〕〔漢〕毛公傳、鄭玄箋，〔唐〕孔穎達正義：《毛詩》（十三經注疏阮元校勘本，臺北：藝文印書館，1989 年 1 月），頁 75，詞例資料中標示為《毛詩》者，出處均為本書。

| 毛詩·王風·大車 | 穀則異室。死則同穴。謂予不信。有如皦日。 |
|---|---|
| 毛詩·唐風·蟋蟀 | 今我不樂。日月其除。⋯⋯今我不樂。日月其邁。⋯⋯今我不樂。日月其慆。 |
| 毛詩·檜風·羔裘 | 羔裘如膏。日出有曜。豈不爾思。中心是悼。 |
| 毛詩·小雅·鹿鳴之什·天保 | 降爾遐福。維日不足。⋯⋯如月之恆。如日之升。 |
| 毛詩·小雅·鹿鳴之什·杕杜 | 日月陽止。女心傷止。征夫遑止。 |
| 毛詩·小雅·節南山之什·十月 | 十月之交。朔月辛卯。日有食之。亦孔之醜。彼月而微。此日而微。⋯⋯日月告凶。不用其行。⋯⋯此日而食。于何不臧。 |
| 周禮·大司徒〔註14〕 | 正日景以求地中。日南則景短。⋯⋯日北則景長。⋯⋯日東則景夕。⋯⋯日西則景朝。⋯⋯日至之景。 |
| 周禮·鼓人 | 夜鼓鼜。軍動則鼓其眾。田役亦如之。救日月。 |
| 周禮·司市 | 大市日昃而市 |
| 周禮·大宗伯 | 以實柴祀日月星辰。⋯⋯帥執事而卜日宿。 |
| 周禮·典瑞 | 王晉大圭。執鎮圭。繅藉五采五就以朝日。⋯⋯圭璧以祀日月星辰。⋯⋯土圭以致四時日月。 |
| 周禮·大司樂 | 凡日月食。凡日月食。 |
| 周禮·占夢 | 以日月星辰占六夢之吉凶。 |
| 周禮·保章氏 | 保章氏掌天星以志星辰日月之變動。 |
| 周禮·司常 | 司常掌九旗之物名。各有屬以待國事。日月為常。交龍為旂。 |
| 周禮·大僕 | 凡軍旅田役。贊王鼓。救日月。 |
| 周禮·土方氏 | 土方氏掌土圭之灋。以致日景。 |
| 周禮·司烜氏 | 司烜氏掌以夫遂取明火於日 |
| 周禮·庭氏 | 若不見其鳥獸。則以救日之弓。與救月之矢射之。 |

〔註14〕〔漢〕鄭玄注，〔唐〕賈公彥疏：《周禮》（十三經注疏阮元校勘本，臺北：藝文印書館，1989年1月），頁153～154，詞例資料中標示為《周禮》者，出處均為本書。

| | |
|---|---|
| 周禮‧輈人 | 輪輻三十。以象日月也。 |
| 周禮‧玉人 | 土圭尺有五寸以致日。……圭璧五寸。以祀日月星辰。 |
| 周禮‧匠人 | 眡以景。為規識日出之景。與日入之景。晝參諸日中之景。夜考之極星。以正朝夕。 |
| 儀禮‧覲禮〔註15〕 | 象日月。……出拜日於東門之外。反祀方明。禮日於南門外。禮月與四瀆於北門外。 |
| 儀禮‧既夕禮 | 主人送于門外。有司請祖期。曰日側。 |
| 儀禮‧士虞禮 | 北首西上寢右。日中而行事。 |
| 禮記‧曲禮上 | ……名子者。不以國。不以日月。…… |
| 禮記‧檀弓上 | 殷人尚白。大事斂用日中。……周人尚赤。大事斂用日出。……朝奠日出。夕奠逮日。 |
| 禮記‧月令 | 孟春之月。日在營室。昏參中。……司天日月星辰之行。宿離不貸。毋失經紀。……仲春之月。日在奎。……季春之月。日在胃。……孟夏之月。日在畢。……仲夏之月。日在東井。……是月也。日長至。……季夏之月。日在柳。……中央土。其日戊己。……孟秋之月。日在翼。……仲秋之月。日在角。……季秋之月。日在房。……孟冬之月。日在尾。……仲冬之月。日在斗。……日短至。……日短至。……季冬之月。日在婺女。……日窮于次。月窮于紀。星回于天。 |
| 禮記‧曾子問 | 天無二日。……曰。大廟火。日食。……如諸侯皆在而日食。則從天子救日。……曰。天子崩。大廟火。日食。……當祭而日食。大廟火。其祭也如之何。……君之大廟火。日食。……葬引至于堩。日有食之。……日有食之。……日有食之。……見日而行。逮日而舍奠。……見日而行。逮日而舍。……日有食之。 |
| 禮記‧禮運 | 故天秉陽。垂日星。……以四時為柄。以日星為紀。……以日星為紀。故事可列也。 |
| 禮記‧禮器 | 故作大事。必順天時。為朝夕必放於日月。……日不足。繼之以燭。 |

〔註15〕〔漢〕鄭玄注，〔唐〕賈公彥疏：《儀禮》（十三經注疏阮元校勘本，臺北：藝文印書館，1989 年 1 月），頁 330～331，詞例資料中標示為《儀禮》者，出處均為本書。

| 禮記‧郊特牲 | 大報天而主日也。兆於南郊。……旂十有二旒。龍章而設日月。以象天也。 |
|---|---|
| 禮記‧內則 | 日出而退。各從其事。日入而夕。……凡名子。不以日月。 |
| 禮記‧玉藻 | 玄端而朝日於東門之外。……皮弁以日視朝。……日中而餕。奏而食。……君日出而視之。 |
| 禮記‧明堂位 | 旂十有二旒。日月之章。祀帝于郊。 |
| 禮記‧樂記 | 動之以四時。煖之以日月。而百化興焉。 |
| 禮記‧祭法 | 王宮。祭日也。……及夫日月星辰。民所瞻仰也。 |
| 禮記‧祭義 | 郊之祭。大報天而主日。……周人祭日。……祭日於壇。……祭日於東。……日出於東。 |
| 禮記‧經解 | 故德配天地。兼利萬物。與日月並明。 |
| 禮記‧哀公問 | 孔子對曰。貴其不已。如日月東西相從而不已也。是天道也。 |
| 禮記‧孔子閒居 | 孔子曰。天無私覆。地無私載。日月無私照。 |
| 禮記‧坊記 | 子云。天無二日。土無二王。 |
| 禮記‧中庸 | 今夫天。斯昭昭之多。及其無窮也。日月星辰繫焉。萬物覆焉。……辟如四時之錯行。如日月之代明。……天之所覆。地之所載。日月所照。霜露所隊。 |
| 禮記‧表記 | ……是故不犯日月。不違卜筮。卜筮不相襲也。……子曰。君子敬則用祭器。是以不廢日月。不違龜筮。 |
| 禮記‧昏義 | 是故男教不脩。陽事不得。適見於天。日為之食。……是故日食則天子素服。……故天子之與后。猶日之與月。 |
| 禮記‧鄉飲酒義 | 三賓。象三光也。讓之三也。象月之三日而成魄也。……立賓以象天。立主以象地。設介僎以象日月。……經之以天地。紀之以日月。參之以三光。政教之本也。 |
| 禮記‧聘義 | 日幾中而后禮成。 |
| 禮記‧喪服四制 | 天無二日。 |
| 左傳‧隱公經3年〔註16〕 | 春。王二月。己巳。日有食之。 |

---

〔註16〕〔晉〕杜預注，〔唐〕孔穎達正義：《春秋左傳》（十三經注疏阮元校勘本，臺北：藝文印書館，1989年1月），頁49，資料中標示為《左傳》者，出處均是本書。

| | |
|---|---|
| 左傳・桓公經<br>3 年 | 秋。七月。壬辰朔。日有食之。既。 |
| 左傳・桓公經<br>17 年 | 冬。十月朔。日有食之。 |
| 左傳・桓公傳<br>17 年 | 冬。十月朔。日有食之。 |
| 左傳・莊公經<br>18 年 | 春。王三月。日有食之。 |
| 左傳・莊公經<br>25 年 | 六月。辛未。朔。日有食之。 |
| 左傳・莊公傳<br>25 年 | 夏。六月。辛未朔。日有食之。……唯正月之朔。慝未作。日有食之。……凡天災。有幣無牲。非日月之眚。不鼓。 |
| 左傳・莊公經<br>26 年 | 冬。十有二月。癸亥朔。日有食之。 |
| 左傳・莊公傳<br>29 年 | 凡馬。日中而出。日中而入。……火見而致用。水昏正而栽。日至而畢。 |
| 左傳・莊公經<br>30 年 | 九月。庚午朔。日有食之。 |
| 左傳・僖公經<br>5 年 | 九月。戊申朔。日有食之。 |
| 左傳・僖公傳<br>5 年 | 春。王正月。辛亥朔。日南至。……丙子旦。日在尾。月在策。鶉火中。必是時也。 |
| 左傳・僖公經<br>12 年 | 春。王三月。庚午。日有食之。 |
| 左傳・僖公經<br>15 年 | 夏。五月。日有食之。 |
| 左傳・僖公傳<br>15 年 | 夏。五月。日有食之。 |
| 左傳・文公經<br>元年 | 二月。癸亥。日有食之。 |
| 左傳・文公經<br>15 年 | 六月。辛丑。朔。日有食之。 |
| 左傳・文公傳<br>15 年 | 六月。辛丑朔。日有食之。鼓用牲于社。非禮也。日有食之。天子不舉。伐鼓于社。 |
| 左傳・宣公經<br>8 年 | 秋。七月。甲子。日有食之。既。……十月。己丑。葬我小君敬嬴。雨不克葬。庚寅。日中而克葬。 |

| 左傳‧宣公經<br>10 年 | 夏。四月。丙辰。日有食之。 |
|---|---|
| 左傳‧宣公傳<br>12 年 | 右廣。雞鳴而駕。日中而說。左則受之。日入而說。……夫其敗也。如日月之食焉。何損於明。 |
| 左傳‧宣公經<br>17 年 | 六月。癸卯。日有食之。 |
| 左傳‧成公傳<br>10 年 | 小臣有晨夢負公以登天。及日中。 |
| 左傳‧成公經<br>16 年 | 六月。丙寅朔。日有食之。 |
| 左傳‧成公傳<br>16 年 | 占之曰。姬姓。日也。異姓。月也。 |
| 左傳‧成公經<br>17 年 | 壬申。公孫嬰卒于貍脤。十有二月丁巳朔。日有食之。 |
| 左傳‧襄公經<br>14 年 | 二月。乙未朔。日有食之。 |
| 左傳‧襄公傳<br>14 年 | 民奉其君。愛之如父母。仰之如日月。敬之如神明。 |
| 左傳‧襄公經<br>15 年 | 秋。八月。丁巳。日有食之。 |
| 左傳‧襄公經<br>20 年 | 冬。十月。丙辰朔。日有食之。 |
| 左傳‧襄公經<br>21 年 | 九月。庚戌朔。日有食之。……冬。十月。庚辰朔。日有食之。 |
| 左傳‧襄公經<br>23 年 | 春。王二月。癸酉朔。日有食之。 |
| 左傳‧襄公傳<br>23 年 | 華周對曰。貪貨棄命。亦君所惡也。昏而受命。日未中而棄之。何以事君。 |
| 左傳‧襄公經<br>24 年 | 秋。七月。甲子。朔。日有食之。既。……八月。癸巳朔。日有食之。 |
| 左傳‧襄公傳<br>26 年 | 大子曰。唯佐也能免我。召而使請。曰日中不來。吾知死矣 |
| 左傳‧襄公經<br>27 年 | 冬。十有二月。乙卯。朔。日有食之。 |
| 左傳‧襄公傳<br>27 年 | 十一月。乙亥。朔。日有食之。 |
| 左傳‧昭公傳<br>元年 | 叔孫歸。曾夭御季孫以勞之。旦及日中。不出。曾夭謂曾阜曰。旦及日中。吾知罪矣。……日月星辰之神。則雪霜風雨之不時。於是乎禜之。 |

| | | |
|---|---|---|
| 左傳・昭公傳<br>4年 | 古者日在北陸。而藏冰西陸。朝覿而出之。 | |
| 左傳・昭公傳<br>5年 | 自王已下。其二為公。其三為卿。日上其中。食日為二。旦日為三。……明夷之謙。明而未融。其當旦乎。故曰為子祀。日之謙當鳥。故曰明夷于飛。……日之動。故曰君子于行。當三在旦。 | |
| 左傳・昭公經<br>7年 | 夏。四月。甲辰。朔。日有食之。 | |
| 左傳・昭公傳<br>7年 | ……而致諸宗祧曰。我先君共王。引領北望。日月以冀。傳序相授。……夏。四月。甲辰。朔。日有食之。……晉侯問於士文伯曰。誰將當日食。……公曰。詩所謂彼日而食。于何不臧者。……無政。不用善。則自取謫于日月之災。……晉侯謂伯瑕曰。吾所問日食從矣。可常乎。對曰。不可。……公曰。何謂六物對曰。歲時日月星辰是謂也。……對曰。日月之會是謂辰。 | |
| 左傳・昭公傳<br>12年 | 毀之。則朝而塴。弗毀。則日中而塴。……豈憚日中。無損於賓。而民不害。何故不為。……何故不為。遂弗毀。日中而葬。君子謂子產於是乎知禮。 | |
| 左傳・昭公傳<br>13年 | 令諸侯日中造于除。……存亡之制。將在今矣。自日中以爭。至于昏。 | |
| 左傳・昭公經<br>15年 | 六月。丁巳。朔。日有食之。 | |
| 左傳・昭公經<br>17年 | 夏。六月。甲戌。朔。日有食之。 | |
| 左傳・昭公傳<br>17年 | 夏。六月。甲戌。朔。日有食之。……昭子曰。日有食之。天子不舉。伐鼓於社。……日有食之。於是乎有伐鼓用幣。禮也。……大史曰。在此月也。日過分而未至。三辰有災。 | |
| 左傳・昭公傳<br>20年 | 春。王二月。己丑。日南至。 | |
| 左傳・昭公經<br>21年 | 秋。七月。壬午。朔。日有食之。 | |
| 左傳・昭公傳<br>21年 | 秋。七月。壬午。朔。日有食之。……對曰。二至二分。日有食之。不為災。日月之行也。分同道也。至相過也。……故常為水。於是叔輒哭日食。 | |

| 左傳‧昭公經 22 年 | 十有二月。癸酉。朔。日有食之。 |
|---|---|
| 左傳‧昭公經 24 年 | 夏。五月。乙未。朔。日有食之。 |
| 左傳‧昭公傳 24 年 | 夏。五月。乙未。朔。日有食之。梓慎曰。將水。昭子曰。旱也。日過分。無陽猶不克。克必甚。能無旱乎。 |
| 左傳‧昭公傳 25 年 | 平子使豎勿內。日中不得請。……隱民多取食焉。為之徒者眾矣。日入慝作。弗可知也。 |
| 左傳‧昭公經 31 年 | 十有二月。辛亥。朔。日有食之。 |
| 左傳‧昭公傳 31 年 | 十二月。辛亥。朔。日有食之。是夜也。……旦占諸史墨曰。吾夢如是。今而日食。何也。……日月在辰尾。……日始有謫。 |
| 左傳‧定公經 5 年 | 春。王三月。辛亥。朔。日有食之。 |
| 左傳‧定公傳 10 年 | 日中不啟門。乃退。 |
| 左傳‧定公經 12 年 | 有一月。丙寅。朔。日有食之。 |
| 左傳‧定公經 15 年 | 八月。庚辰。朔。日有食之。……戊午。日下昃。乃克葬。 |
| 左傳‧哀公經 14 年 | 五月。庚申朔。日有食之。 |
| 左傳‧哀公傳 14 年 | 以日中為期。家備盡往。 |
| 公羊傳〔註17〕‧隱公 3 年 | 春。王二月。己巳。日有食之。……日食。……日有食之者。 |
| 公羊傳‧桓公 3 年 | 秋七月。壬辰朔。日有食之。 |
| 公羊傳‧桓公 17 年 | 冬。十月朔。日有食之。 |
| 公羊傳‧莊公 18 年 | 春。王三月。日有食之。 |
| 公羊傳‧莊公 25 年 | 六月。辛未朔。日有食之。鼓用牲于社。日食則曷為鼓用牲于社。求乎陰之道也。 |

〔註17〕〔漢〕何休注，〔唐〕徐彥疏：《春秋公羊傳》（十三經注疏阮元校勘本，臺北：藝文印書館，1989 年 1 月），頁 26～27，資料中標示為《公羊傳》者，出處均是本書。

| | |
|---|---|
| 公羊傳·莊公 26 年 | 冬。十有二月。癸亥朔。日有食之。 |
| 公羊傳·莊公 30 年 | 九月。庚午朔。日有食之。 |
| 公羊傳·僖公 5 年 | 九月。戊申朔。日有食之。 |
| 公羊傳·僖公 12 年 | 春。王三月。庚午。日有食之。 |
| 公羊傳·僖公 15 年 | 夏。五月。日有食之。 |
| 公羊傳·文公 元年 | 二月。癸亥。朔。日有食之。 |
| 公羊傳·文公 15 年 | 六月。辛丑朔。日有食之。…… |
| 公羊傳·宣公 8 年 | 秋。七月。甲子。日有食之。……庚寅。日中而克葬。 |
| 公羊傳·宣公 10 年 | 夏。四月。丙辰。日有食之。 |
| 公羊傳·宣公 17 年 | 六月。癸卯。日有食之。 |
| 公羊傳·成公 16 年 | 六月。丙寅朔。日有食之。 |
| 公羊傳·成公 17 年 | 十有二月。丁巳朔。日有食之。 |
| 公羊傳·襄公 14 年 | 二月。乙未。朔日有食之。 |
| 公羊傳·襄公 15 年 | 秋。八月。丁巳。日有食之。 |
| 公羊傳·襄公 20 年 | 冬。十月。丙辰。朔。日有食之。 |
| 公羊傳·襄公 21 年 | 九月。庚戌朔。日有食之。……冬。十月。庚辰朔。日有食之。 |
| 公羊傳·襄公 23 年 | 春。王二月。癸酉。朔。日有食之。 |
| 公羊傳·襄公 24 年 | 秋。七月。甲子。朔。日有食之。……大水。八月。癸巳。朔。日有食之。 |
| 公羊傳·襄公 27 年 | 冬。十有二月。乙亥。朔。日有食之。 |
| 公羊傳·昭公 7 年 | 夏。四月。甲辰。朔。日有食之。 |

| 公羊傳·昭公 15 年 | 六月。丁巳。朔日有食之。 |
|---|---|
| 公羊傳·昭公 17 年 | 夏。六月。甲戌朔。日有食之。 |
| 公羊傳·昭公 21 年 | 秋。七月。壬午朔。日有食之。 |
| 公羊傳·昭公 22 年 | 十有二月。癸酉。朔。日有食之。 |
| 公羊傳·昭公 24 年 | 夏。五月。乙未。朔。日有食之。 |
| 公羊傳·昭公 31 年 | 十有二月。辛亥。朔。日有食之。 |
| 公羊傳·定公 5 年 | 春。王正月。辛亥朔。日有食之。 |
| 公羊傳·定公 12 年 | 十有一月。丙寅。朔。日有食之。 |
| 公羊傳·定公 15 年 | 八月。庚辰朔。日有食之。……戊午。日下吳。乃克葬。 |
| 穀梁傳·隱公 3 年〔註18〕 | 春。王二月。己巳。日有食之。……其日有食之。……有食之者。內於日也。 |
| 穀梁傳·桓公 3 年 | 秋七月。壬辰。朔。日有食之。既。 |
| 穀梁傳·桓公 17 年 | 冬。十月朔。日有食之。 |
| 穀梁傳·莊公 7 年 | 恒星不見。夜中星隕如雨。恒星者。經星也。 |
| 穀梁傳·莊公 18 年 | 春。王三月。日有食之。……何以知其夜食也。曰。王者朝日。……故天子朝日。諸侯朝朔。 |
| 穀梁傳·莊公 25 年 | 六月。辛未。朔。日有食之。鼓用牲于社。……天子救日。置五麾陳五兵五鼓。……救日以鼓兵。救水以鼓眾。 |
| 穀梁傳·莊公 26 年 | 冬。十有二月。癸亥。朔。日有食之。 |
| 穀梁傳·莊公 30 年 | 九月。庚午。朔。日有食之。 |

〔註18〕〔晉〕范甯注，〔唐〕楊士勛疏：《春秋穀梁傳》（十三經注疏阮元校勘本，臺北：藝文印書館，1989 年 1 月），頁 14～15，詞例資料中標示為《穀梁傳》者，出處均為本書。

| 穀梁傳·僖公5年 | 九月。戊申。朔。日有食之。 |
|---|---|
| 穀梁傳·僖公12年 | 春。王正月。庚午。日有食之。 |
| 穀梁傳·僖公15年 | 夏。五月。日有食之。 |
| 穀梁傳·文公元年 | 二月。癸亥。日有食之。 |
| 穀梁傳·文公15年 | 六月。辛丑。朔。日有食之。 |
| 穀梁傳·宣公8年 | 繹者。祭之旦日之享賓也。……秋。七月。甲子。日有食之。庚寅。日中而克葬。而。緩辭也。 |
| 穀梁傳·宣公10年 | 夏。四月。丙辰。日有食之。 |
| 穀梁傳·宣公17年 | 六月。癸卯。日有食之。 |
| 穀梁傳·成公16年 | 六月。丙寅朔。日有食之。 |
| 穀梁傳·成公17年 | 十有二月。丁巳。朔。日有食之。 |
| 穀梁傳·襄公14年 | 二月。乙未朔。日有食之。 |
| 穀梁傳·襄公15年 | 秋。八月。丁巳。日有食之。 |
| 穀梁傳·襄公20年 | 冬。十月。丙辰。朔。日有食之。 |
| 穀梁傳·襄公21年 | 九月。庚戌。朔。日有食之。……冬。十月。庚辰。朔。日有食之。 |
| 穀梁傳·襄公23年 | 春。王二月。癸酉。朔。日有食之。 |
| 穀梁傳·襄公24年 | 秋。七月。甲子。朔。日有食之。……八月。癸巳。朔。日有食之。 |
| 穀梁傳·襄公27年 | 冬。十有二月。乙亥。朔。日有食之。 |
| 穀梁傳·昭公7年 | 夏。四月。甲辰。朔。日有食之。 |
| 穀梁傳·昭公15年 | 六月。丁巳。朔。日有食之。 |
| 穀梁傳·昭公17年 | 夏。六月。甲戌。朔。日有食之。 |

| | | | | |
|---|---|---|---|---|
| | | 穀梁傳・昭公21年 | 秋。七月。壬午。朔。日有食之。 | |
| | | 穀梁傳・昭公22年 | 十有二月。癸酉。朔。日有食之。 | |
| | | 穀梁傳・昭公24年 | 夏。五月。乙未。朔。日有食之。 | |
| | | 穀梁傳・昭公31年 | 十有二月。辛亥。朔。日有食之。 | |
| | | 穀梁傳・定公5年 | 春。王正月。辛亥。朔。日有食之。 | |
| | | 穀梁傳・定公12年 | 十有一月。丙寅。朔。日有食之。 | |
| | | 穀梁傳・定公15年 | 八月。庚辰。朔。日有食之。……戊午。日下稷。乃克葬。乃。急辭也。 | |
| | | 論語・子張〔註19〕 | ……子貢曰。君子之過也。如日月之食焉。過也人皆見之。更也人皆仰之。……仲尼。日月也。無得而踰焉。雖欲自絕。其何傷於日月乎。多見其不知量也。 | |
| | | 爾雅・釋天〔註20〕 | 日出而風為暴。……弇日為蔽雲 | |
| | | 爾雅・釋地 | ……岠齊州以南。戴日為丹穴。北戴斗極為空桐。東至日所出為大平。西至日所入為大蒙。 | |
| | | 孟子・公孫丑下〔註21〕 | 古之君子。其過也如日月之食。民皆見之。及其更也。 | |
| | | 孟子・萬章上 | 孔子曰。天無二日。民無二王。 | |
| | | 孟子・盡心上 | 觀水有術。必觀其瀾。日月有明。容光必照焉 | |
| 9 | 旭 | 毛詩・邶風・匏有苦葉 | 雝雝鳴鴈。旭日始旦。士如歸妻。迨冰未泮。 | 旭字《說文》為日出義，此處旭日，亦指日出言。 |
| 10 | 暘 | 尚書・虞典・堯典 | 敬授人時。分命羲仲。宅嵎夷。曰暘谷。 | 「暘谷」二字同說文用法，指日所出處。 |

〔註19〕〔魏〕何晏注，〔宋〕邢昺疏：《論語》（十三經注疏阮元校勘本，臺北：藝文印書館，1989年1月），頁173，詞例中標示為《論語》者，出處均是本書。
〔註20〕〔晉〕郭璞注，〔宋〕邢昺疏：《爾雅》（十三經注疏阮元校勘本，臺北：藝文印書館，1989年1月），頁96〜97，詞例中標示為《爾雅》者，出處均是本書。
〔註21〕〔漢〕趙岐注，〔宋〕孫奭疏：《孟子》（十三經注疏阮元校勘本，臺北：藝文印書館，1989年1月），頁82，詞例中標示為《孟子》者，出處均是本書。

| 11 | 晵 | | | |
|---|---|---|---|---|
| 12 | 暘 | | | |
| 13 | 晛 | 毛詩‧小雅‧魚藻之什‧角弓 | 雨雪瀌瀌。見晛曰消。莫肯下遺。式居婁驕。……雨雪浮浮。見晛曰流。如蠻如髦。我是用憂。 | 「晛」字為日出溫氣，毛詩中兩例均云「見晛曰消」亦指日氣溫而言。 |
| 14 | 暜 | | | |
| 15 | 暈<br>煇 | | | |
| 16 | 厢 | 周易‧離 | 九三。日昃之離。不鼓缶而歌。則大耋之嗟。……象曰。日昃之離。何可久也。 | 厢與昃字實為一字，僅部件日擺放位置不同。厢為日側，意即太陽偏斜，日已近暮之意，見《周易》、《尚書》諸例亦為日西側也。 |
| | | 周易‧豐 | 日中則昃。月盈則食。 | |
| | | 尚書‧周書‧無逸 | 懷保小民。惠鮮鰥寡。自朝至于日中昃。不遑暇食。 | |
| 17 | 暨 | | | |
| 18 | 霒 | | | |
| 19 | 暘<br>崵 | 尚書‧虞書‧堯典 | 敬授人時。分命羲仲。宅嵎夷。曰暘谷。 | 「嵎夷」二字與「暘谷」相同，均為日出之地。 |
| 20 | 鑴 | 周禮‧眡祲 | 一曰祲。二曰象。三曰鑴。 | 「鑴」者，在段注說解中已說明是為日旁氣刺日也，意即日旁雲氣，為太陽周遭的雲氣。 |

　　比較上表與出土文物用為天文者各字及其所列詞例，可發現兩份資料中「觿」、「日」用法相似，又根據詞例了解8字中「觿」、「旭」、「暘」、「崵」均是兩字組合成義；「觿」字部分與出土文物相同均是「觜觿」一詞，指觜宿而言，其中「暘」、「崵」2字為詞組「暘谷」、「崵夷」，是為地名，然而在出土文物中未見此種用法，頗疑其為始有傳說而逐漸衍生而出的地名。另外，旭字部分，單「旭」字亦可表日出之義，惟先秦文獻未見僅用一旭字表達日出之義者。仿上節做法，亦將詞例數據化如下表所示：

表 3-2-2：傳世文獻與日字相關天文詞例比例表

| 字例 | 天文者數量 | 出現總數 | 比例〔註22〕 |
|---|---|---|---|
| 烏 | 0 | 31 | 0% |
| 艦 | 1 | 7 | 14.29% |
| 榑 | 0 | 0 | 0% |
| 杲 | 0 | 2 | 0% |
| 杳 | 0 | 0 | 0% |
| 東 | 0 | 1129 | 0% |
| 叒 | 0 | 0 | 0% |
| 日 | 368 | 1408 | 26.14% |
| 旭 | 1 | 3 | 33.33% |
| 暘 | 1 | 3 | 33.33% |
| 啟 | 0 | 0 | 0% |
| 晹 | 0 | 0 | 0% |
| 晛 | 2 | 2 | 100.00% |
| 晢 | 0 | 0 | 0% |
| 暈 | 0 | 6 | 0% |
| 厄 | 4 | 4 | 100.00% |
| 暨 | 0 | 50 | 0% |
| 霒 | 0 | 0 | 0% |
| 堨 | 1 | 3 | 33.33% |
| 鑴 | 1 | 1 | 100.00% |

　　參照上節出土文物天文比例表，可以發現總數較多的字，依舊集中於常用字，與其餘字相比數量懸殊，亦同時出現上節提及的因比較數量不足造成失去比例效用的情況，並且在目前所知傳世文獻中存有天文義的 8 字中，僅「艦」、「日」2 字同時出現於出土文物詞例中，另有其他字僅見於傳世文獻，如「旭」、「晛」、「鑴」3 字，未見於出土文物。「暘」、「堨」2 字亦如上述所言天文用法僅在傳世文獻中看見，而且均是如同《說文》記載傳說用法。

## 第三節　詞義演變探究

　　上兩節已對於《說文》釋義與日相關 20 字在各文獻中的情形略為說明，尚

---

〔註22〕取至小數點後第二位。

未能對兩項資料整理成的表格深入探討，分析表格呈現的詞義變化情形。現將上兩節彙整出的比例表整理成下方與日相關字群天文比例總表。

表 3-3-1：出土文物及傳世文獻與日字相關天文比例總表

| 字例 | 傳世文獻比例<br>（天文者數量／總數） | 出土文物比例<br>（天文者數量／總數） |
|---|---|---|
| 烏 | 0%（0/31） | 0%（0/42） |
| 艣 | 14.29%（1/7） | 15.38%（2/13） |
| 榑 | 0%（0/0） | 0%（0/0） |
| 杲 | 0%（0/2） | 0%（0/1） |
| 杳 | 0%（0/0） | 0%（0/1） |
| 東 | 0%（0/1129） | 1.12%（3/267） |
| 燊 | 0%（0/0） | 0%（0/0） |
| 日 | 26.14%（368/1408） | 5.49%（49/892） |
| 旭 | 33.33%（1/3） | 0%（0/0） |
| 暘 | 33.33%（1/3） | 0%（0/1） |
| 啓 | 0%（0/0） | 0%（0/0） |
| 晹 | 0%（0/0） | 0%（0/1） |
| 晛 | 100.00%（2/2） | 0%（0/0） |
| 暜 | 0%（0/0） | 0%（0/0） |
| 暈 | 0%（0/6） | 0%（0/0） |
| 厢 | 100.00%（4/4） | 0%（0/10） |
| 暨 | 0%（0/50） | 0%（0/3） |
| 霯 | 0%（0/0） | 0%（0/3） |
| 堨 | 33.33%（1/3） | 0%（0/14） |
| 钀 | 100.00%（1/1） | 0%（0/0） |

表格中的比例多數低於 50% 以下，如果再扣除在第一節提及的樣本數不足的「情形」〔註23〕，則全表僅日字傳世文獻天文比例逾 30%，其餘比例均處於 20% 以下，此種情形可以被說明成《說文》中與日相關天文字多數未用為天文義，即便作為天文的某項意義使用，比例也不高。此外，除可從表中探見傳世文獻大部分較出土文物擁有更高的使用比例，出土文物較傳世文獻多了「東」字，傳世文獻也較出土文物多出「6 個」〔註24〕天文詞例。這種現

---

〔註23〕以 10 條為統計依據，意旨出現總數低於 10 條者，歸入樣本數不足的結果。
〔註24〕出土文物為「艣」、「東」、「日」3 字，傳世文獻為「艣」、「日」、「旭」、「暘」、「晛」、

象意謂著傳世文獻與《說文》說解較為相似嗎？本文主要是根據《說文》而
得諸字，理應討論《說文》與文獻兩者之間的關聯，但是由於本章中前兩節
是屬於資料的彙整，僅置放表格即已篇幅過多，若將此項問題置於上述二節
處理，則難免造成「混亂」〔註 25〕。因為上述章節的安排，造成遲至本節才
能討論《說文》與兩種文獻中記載的天文義比較，說明詳參下表：

表 3-3-2：《說文》日字相關字例與出土、傳世詞義比較表

| 字例 | 說文說解〔註26〕 | 出土文物 | 傳世文獻 |
|---|---|---|---|
| 觽〔註27〕 | 佩角銳耑，可以解結。（段：衞風傳曰觽所以解結，成人之佩也。內則注曰。小觽，解小結也。觽兒如錐，以象骨爲之。周禮眡祲十煇，三曰鑴。鄭云鑴讀如童子佩鑴之鑴，謂日旁氣刺日者。按此注當云讀爲童子佩觽之觽，轉寫誤也。周禮假鑴爲觽。）從角巂聲。詩曰童子佩觽。 | 不同，用為假借。為「此（觜）觽（巂）」一詞，是 28 宿之一，為觜宿。並未在第二章討論 40 字之中，然據其釋義當歸入高度。 | 不同，為「觜觽」，28 宿之一。據其釋義應歸入高度相關。 |
| 東〔註28〕 | 動也。從日在木中，（段：從木，官溥說從日在木中，）凡東之屬皆從東。 | 不同，為 28 宿之一，然而《睡虎地》中為東壁之縮寫東。（孤證，僅見一例），此外《曾侯乙墓》漆箱蓋中則為東井、東紫之稱，亦是列為 28 宿中，然其說不同，可從兩者略見一二。依照《說文》說解歸入中度相關，第二章考釋本義後收入無關，據此處則應歸入高度相關中。 | 無。據此歸入與天文無關。 |

「厏」、「塸」、「鑴」8 字，除去重複字後較出土文物多出 6 字。

〔註25〕容易導致章節主題不明顯，且無處放置兩者（說文與文獻）之間關係，因此獨立至本節處理。

〔註26〕說解部分均以〔南唐〕徐鍇的《說文解字繫傳》為底本，段注本與《繫傳》不同此處，則置於括弧內。

〔註27〕因為段注提及日旁氣刺日者鑴，又言觽假鑴為之。初疑之，未免失收一字，故收之。

〔註28〕東字乃因段注謂其「日在木中之木為榑桑神木」，故收之，非據說文原義收之。

| 日 | 實也。太陽之精不虧。從口一。（段：從○一，象形。）凡日之屬皆從日。 | 相同，均指太陽。《說文》說解、第二章考釋本義和此處，均歸入高度相關。 | 同左說明。 |
|---|---|---|---|
| 旭 | 日旦出皃。從日九聲，讀若勖。（段：从日九聲，讀若好，一曰朙也。） | 無。據此歸入與天文無關。 | 相同，為日出之義。《說文》說解、第二章考釋本義相同均歸入高度相關，據此處說解當歸入中度相關。 |
| 暘 | 日出也。從日昜聲。虞書曰至于暘谷。（段：虞書曰曰暘谷。） | 無。應歸入與天文無關。 | 相似，惟其需與谷字合用，方能表達日出之地一義。與《說文》說解、第二章考釋本義相同，均歸入中度相關。 |
| 睍 | 日見也。從日見，見亦聲。詩曰見睍曰消。 | 無。此處歸入與天文無關。 | 相似，是為日溫氣也，乃見日才有溫氣。《說文》說解歸入高度相關，據第二章考釋本義列入低度相關，依照此處釋義應當歸屬中度相關。 |
| 昃 | 日在西方時側也。從日仄聲。易曰日昃之離。（段：易曰日昃之離。） | 無。此處歸入與天文無關。 | 相同，均指日在西方，已近黃昏。《說文》說解歸入高度相關，據第二章考釋本義列入低度相關，參照此處釋義當歸入中度相關。 |
| 堣 | 堣夷，在冀州暘谷。立春之日，日值之而出。從土禺聲。尚書曰宅堣夷。 | 無。此處歸入與天文無關。 | 相似，但是需與夷字合用，方能表達日出之地一義。與《說文》說解、第二章考釋本義相同，均歸入中度相關。 |
| 鑴 | 甇也。（段：瓦部曰甇，大盆也。然則鑴與鑑同物，《周禮》眡祲十煇，三曰鑴。鄭注鑴讀為童 | 無。此處歸入與天文無關。 | 不同，為日旁氣刺日，「日旁雲氣」〔註29〕之義。此字未出現於第二章 |

---

〔註29〕詳參教育部異體字字典，http://dict.variants.moe.edu.tw/yitib/frb/frb05474.htm，2017年6月28日。

| | |
|---|---|
| 子佩觿之觿，謂日旁氣刺日者。按今本周禮注觿訛金旁，非是，觿者，配角，銳耑可以解結也。故鄭讀鐫為觿。今本作讀如，亦非也。）從金雟聲。 | 40字之中，然而據此處釋義理應歸入高度相關。 |

上表所列 9 字，為擇取出土文物、傳世文獻中見到的天文義詞例，歸納詞義後製成的表格。由於本文主要討論為「天文」，因此本節僅取本章收納的 20 字中具有天文詞例實證者，具出土、傳世資料而得。表格中《說文》說解部分，「觿」、「東」2 字，《說文》均提及「日的部分義」〔註30〕，然則此 2 字均非如《說文》釋義，「觿」字說文已知非天文義，「東」字《說文》釋形指日在木中，也非天文義。然而「觿」字在出土、傳世文獻中均與觜字連用做觜宿義，可知此字單獨表義未有天文義，東字亦是在出土文物中，見表達為 28 宿東壁之義，此 2 字雖然《說文》略微提及與日相關，事實上卻並非與日相關，據表而言反而應與星字相關。出土文物中除此 2 字外，仍有「日」1 字與天文相關，而此字實際表達天文義與《說文》說解相同，均為太陽之義，故此處將不再贅述。另外，傳世文獻部分除去已述「觿」、「日」2 字，剩下 6 字，然而此 6 字與《說文》釋義相似，因此本節不再說明，惟「鐫」字雖與《說文》說解不同，然而字義在「觿」字已提及，是為日珥之義，因此也不再贅述。此外，本章收錄《說文》日字相關烏、觿、槫、杲、杳、東、叒、日、旭、暘、啓、晹、晛、暜、暈、晵、暨、霩、堨、鐫，共 20 字，經過整理在出土文物、傳世文獻詞例資料裡，擁有天文相關詞例者，分別為出土文物的「觿」、「東」、「日」3 字和傳世文獻的「觿」、「日」、「旭」、「暘」、「晛」、「晵」、「堨」、「鐫」8 字，其中東字僅見於出土文物，而傳世文獻中則多了「旭」、「暘」、「晛」、「晵」、「堨」5 字，由此可以得知關於《說文》、出土文物、傳世文獻中各天文用字數量為，《說文》最多 20 字，傳世文獻 8 字，出土文物僅 3 字。

透過本章收錄 20 字為基礎可以得知，在《說文》天文義這個問題上，即便《說文》說解明確指為天文者，在出土文物、十三經兩項資料中亦難以發現與之相關的證據，同時確知為天文義詞例比例多數低於 30%，與此同時詞

〔註30〕「觿」字為日旁氣刺日之鐫，「東」為从日在木中。

例為天文者也屬少見，且可以發現若以字為統計單位，出土文物，較傳世文獻來的稀少，然則目前僅為日、月、星三章中的一章，仍未能斷定其餘章節均如此。

《說文解字》天文考——以十三經與出土文物為比較範疇

# 第肆章 與月字有關字群之詞義演變析論

　　本章共收錄 12 字，分別為晦、冥、月、朔、朏、霸、朓、朒、朢、示、祭、磒，其中《說文》歸類為月部字者為 6 個，此 12 個字中有「3 字」[註1]為不僅為與月相關字義者，亦兼有日、星二者字義、或無法歸入其中一類者，因此月部字數量絕不止佔總數的一半；此外，本章收字是以月亮相關義為主，無法歸入任一章的 3 字為輔。其中「晦、朔、朢」3 字，雖然表義為月相變化，但是隨著意義逐漸引申轉化，變成專指某一特定日期，即初一、十五、每月最後一日；接著，兩義之間「互相混淆」[註2]，進而造成詞義分析上的困難，因此本章中所有分析晦、朔、朢詞例，均為「除去」[註3]朔日、晦日二者明確作為特定日期義使用的例子，其餘部分礙於兩義相混，難以分清，僅能全收之，因此本章中收錄晦、朔、朢 3 字詞例，並不一定均為天文義。

---

〔註1〕為示、祭、磒 3 字，其中示、祭二字皆有部分日、月、星三者字義者，磒字為隕石之義，無法歸入日、月、星任一章。

〔註2〕晦、朔、朢 3 字表達為月象變化時，同時也表明為特定日期。月晦則必為某月最後一日，月朔必為初一日，因此月象變化與日期義相混，反之亦然。

〔註3〕由於筆者認為已知明確表達為特定日期義者，主要意義是放在「日期」上，而非天文上，因此不收錄為天文詞例。

## 第一節　出土文物中的詞義

經過整理發現《說文》12 個與月字相關字例，見於出土文物者僅有「晦、月、朔、霸、望」5 字，擁有用為天文義的詞例，現羅列成下方表格：

表 4-1-1：與月字相關天文詞例見於出土文物一覽表

| 排序 | 字例 | 出土文物 | 詞　例 | 說　明 |
|---|---|---|---|---|
| 1 | 示 | | | |
| 2 | 祟 | | | |
| 3 | 晦 | 馬王堆・52 病方（漢） | 今日月晦（104）、今日月晦（106）、今日晦（108）、今日月晦（111）、晦（225） | 此處晦字均為月晦之義，即被遮蔽未能看見月光。 |
| | | 馬王堆・出行占（漢） | 月晦不可北（24） | |
| 4 | 冥 | | | |
| 5 | 月 | 包山・卜筮祭禱（戰國中偏晚） | 由攻解日月與不殆（248） | 月者為月亮之義，因此取其天文義為月亮義。 |
| | | 上博（二）・容成氏（戰國中偏晚） | 西方之旗吕月（20） | |
| | | 睡虎地・日書甲（戰國晚） | 月不盡五日（103）、月不盡五日（117 背）、月不盡五日（122 背）、月之門也（132） | |
| | | 睡虎地・日書乙（戰國晚） | 凡月望（118） | |
| | | 關沮木牘・二世元年日（秦） | 月不盡四日（背 1） | |
| | | 馬王堆・52 病方（漢） | 今日月晦（106）、今日月晦（111）、月與日相當，日與月相當（199）、毋見星月一月（319）、我以明月炻若（369） | |
| | | 馬王堆・却谷食氣（漢） | 與月進退（1） | |
| | | 馬王堆・天文雲氣雜占（漢） | 月銜兩星軍疲（B56） | |
| | | 馬王堆・要（漢） | 而不可以日月生（星）辰盡稱也（21） | |
| 6 | 朔 | 衛鼎／五祀衛鼎（西周中） | ／于邵（昭）大室東逆（朔）……牙（厥）逆（朔）彊（疆）眔厲田 | 朔字為月相義，意指太陽的光線照射在月亮背面，因此地球上 |
| | | 公廚左官鼎／公朱左𠂤鼎（戰國晚） | 十一年十一／月乙巳朔 | |

| | | | |
|---|---|---|---|
| | 九店 M56（戰國中、晚期） | 㔱层朔於璧（78） | 的人看不見月亮，是無法看見月光的朔月。 |
| | 睡虎地・日書甲（戰國晚） | 子丑朔（153 背） | |
| | 睡虎地・語書（戰國晚） | 廿年四月丙戌朔丁亥（1） | |
| | 睡虎地・為吏之道（戰國晚） | 廿五年閏再十二月丙午朔（22 伍） | |
| | 睡虎地・封診式（戰國晚） | 非朔事殹（也）（90） | |
| | 睡虎地・秦律 18 種（戰國晚） | 止其後朔食（46） | |
| | 里耶 J1（8）（秦） | 廿六年八月庚戌朔丙子（135）、卅二年四月丙午朔甲寅（152）、四月丙午朔癸丑（156）、卅二年正月戊寅朔甲午（157）、正月戊寅朔丁酉（157 背）、卅二年四月丙午朔甲寅（158） | |
| | 里耶 J1（9）（秦） | 卅三年四月辛丑朔丙午（1）、卅五年四月己未朔乙丑（1 背）、卅三年三月辛未朔戊戌（3）、卅五年四月己未朔乙丑（3 背）、卅四年八月癸巳朔甲午（4）、卅三年四月辛丑朔丙午、卅四年八月癸巳朔（5）、四月己未朔乙丑（5 背）、卅三年四月辛丑朔戊申（6）、卅五年四月己未朔乙丑（6 背）、卅三年四月己未朔戊申（7）、卅五年四月己未朔乙丑（7 背）、卅三年四月辛丑朔丙午（8）、卅五年四月己未朔乙丑（8 背）、卅三年三月辛未朔戊戌（9）、卅五年四月己未朔乙丑（9 背）、卅三年四月辛丑朔丙午（10）、卅四年六月甲午朔壬戌、卅五年四月己未朔乙丑（10 背）、卅三年三月辛未朔丁酉（11）、卅五年四月己未朔乙丑（11 背）、卅四年七月甲子朔辛卯、卅五年四月己未朔乙丑（12 背）、卅年九月丙辰朔己巳（981） | |
| | 馬王堆・陰陽五行甲（漢） | 上朔（34） | |
| | 馬王堆・天文雲氣雜占 | 月軍（暈）而朔（G16） | |
| | 馬王堆・遣策三（漢） | 十二年二月乙巳朔戊辰 | |
| 7 | 朏 | | |

| 8 | 霸 | 矞鼎（西周早） | 隹（唯）九月既生霸辛／酉， | 霸字為每月初見到的月光。 |
|---|---|---|---|---|
| | | 寅鼎（西周早） | 隹（唯）二月既生霸丁丑 | |
| | | 榮仲鼎（西周早） | ／在十月又二月／生霸吉庚／寅 | |
| | | 作冊魖卣（西周早） | 雩四月既生霸庚午〔蓋內〕雩四月既生霸庚午〔器內底〕 | |
| | | 競簋／御史競簋（西周早） | 隹（唯）六月既死霸壬申 | |
| | | 競卣（西周早） | 正／月既生霸辛丑，〔蓋內〕正／月既生霸辛丑，〔器內底〕 | |
| | | 小臣守簋（西周早） | 隹（唯）五月既死霸辛未， | |
| | | 作冊夨令簋（西周早） | 隹（唯）九／月既死霸丁丑 | |
| | | 作冊大鼎（西周早） | 隹（唯）四月既生／霸己丑， | |
| | | 𪓰尊（西周早或中） | 唯九月既生霸， | |
| | | 逆鐘（西周中） | 隹（唯）王元年三月既／生霸庚申 | |
| | | 辰在寅簋（西周中） | 隹（唯）七月既生／霸 | |
| | | 夾簋（西周中） | 隹十又一月暨（既）生霸戊／申〔蓋內〕隹十又一月暨（既）生霸戊／申〔器內底〕 | |
| | | 臤尊／爰尊（西周中） | 隹（唯）十又三月既生霸丁卯， | |
| | | 義盉蓋（西周中） | 隹（唯）十又一月既生霸甲申 | |
| | | 裘衛盉（西周中） | 隹（唯）三年三月既生霸壬寅， | |
| | | 庚季鼎／白俗父鼎（西周中） | 隹（唯）五月既生霸／庚午 | |
| | | 七年趞曹鼎（西周中） | 隹（唯）七年十月既生／霸， | |
| | | 十五年趞曹鼎（西周中） | 隹（唯）十又五年五月／既生霸壬午 | |
| | | 𤔲簋／封敦（西周中） | 唯十又二月既生霸丁／亥，〔蓋內〕唯十又二月既生霸丁／亥，〔器內底〕 | |
| | | 㒼簋（西周中） | 唯六月既生霸辛巳〔蓋內〕唯六月既生霸辛巳〔器內底〕 | |
| | | 師毛父簋／井伯敦（西周中） | 隹（唯）六月既生霸戊／戌 | |

| | |
|---|---|
| 公姞鬲 / 公姞鼎（西周中） | 隹（唯）十又二月既生 / 霸， |
| 伯姜鼎（西周中） | 隹（唯）正月既生霸庚 / 申， |
| 尹姞鬲（西周中） | 隹（唯）六月既生霸 / 乙卯， |
| 大鼎 / 己伯鼎（西周中） | 隹（唯）十又五年三月既霸丁 / 亥 |
| 師奎父鼎 / 寶父鼎（西周中） | 隹（唯）六月既生霸庚寅， |
| 遇甗（西周中） | 隹（唯）六月既死霸 / 丙寅 |
| 衛鼎 / 九年衛鼎（西周中） | 隹（唯）九年正月既死霸庚辰 |
| 衛簋 / 廿七年衛簋（西周中） | 隹（唯）廿又七年三月既生霸戊 / 戌，〔蓋內〕隹（唯）廿又七年三月既生霸戊 / 戌，〔器內底〕 |
| 豆閉簋（西周中） | 唯王二月既眚（生）霸， |
| 興簋（西周中） | 隹（唯）八月既生霸 |
| 智鼎（西周中） | 隹（唯）王四月既眚（生）霸， |
| 遹簋（西周中） | 隹（唯）六月既生霸， |
| 卯簋蓋（西周中） | 隹（唯）王十又一月既生霸 / 丁亥 |
| 癲盨（西周中） | 隹（唯）四年二月既生霸戊戌，〔陝西省扶風縣法門寺莊白村 1 號窖藏（H1：12）〕隹（唯）四年二月既生霸戊戌，〔陝西省扶風縣法門寺莊白村 1 號窖藏（H1：15）〕 |
| 免簋（西周中） | 隹（唯）三月既生霸乙卯 |
| 豐卣（西周中） | 隹（唯）六月既生 / 霸乙卯，〔蓋內〕隹（唯）六月既生 / 霸乙卯，〔器內底〕 |
| 豐尊（西周中） | 隹（唯）六月既生霸 / 乙卯 |
| 師遽簋蓋（西周中） | 隹（唯）王三祀四月既生 / 霸辛酉 |
| 師遽方彝（西周中） | 隹（唯）正月既生霸丁酉〔蓋內〕隹（唯）正月既生霸丁酉〔器內壁〕 |
| 史懋壺蓋（西周中） | 隹（唯）八月既死霸戊寅 |
| 周乎卣（西周中） | 隹（唯）九月既生霸乙 / 亥〔蓋內〕隹（唯）九月既生霸乙 / 亥〔器內底〕 |
| 殷簋（西周中） | 隹（唯）王二月既生霸丁丑 |
| 士山盤（西周中） | 隹（唯）王十又六年九月既生霸甲 / 申 |
| 呂鼎（西周中） | 唯五月既死霸 |

| | |
|---|---|
| 達盨（西周中） | 隹（唯）三年五月既生霸／壬寅〔陝西省長安縣張家坡 M152：28〕 |
| | 隹（唯）三年五月既生霸／壬寅〔陝西省長安縣張家坡 M152：36〕 |
| | 隹（唯）三年五月既生霸／壬寅〔陝西省長安縣張家坡 M152：41〕 |
| 守宮盤（西周中） | 隹（唯）正月既生霸乙未 |
| 敔簋蓋（西周中） | 隹（唯）十又一月，既生霸／乙亥 |
| 匍盉（西周中） | 隹（唯）四月既生霸戊申 |
| 吳虎鼎（西周晚） | 隹（唯）十又（有）八年十又（有）三月既／生霸丙戌 |
| 晉侯對鼎（西周晚） | 隹（唯）二月既生霸／庚寅， |
| 此鼎（西周晚） | 隹（唯）十又七年十又二月既／生霸乙卯 |
| 此簋（西周晚） | 隹（唯）十又七年十又二月既生／霸乙卯〔蓋內〕隹（唯）十又七年十又二月既生／霸乙卯〔器內底〕 |
| 鄭虢仲簋（西周晚） | 隹（唯）十又一月既／生霸庚戌 |
| 晉侯穌鐘（西周晚） | 正月既生／霸戊午〔山西省天馬——曲村遺址北趙晉侯墓地 M8〕 |
| | 既死霸壬寅……三月方死霸，〔山西省天馬——曲村遺址北趙晉侯墓地 M8〕 |
| 伯呂盨（西周晚） | 隹（唯）王元年六／月既省（生）霸庚／戌 |
| 四十二年逨鼎（西周晚） | 隹（唯）卅又二年五月既生霸乙／卯〔陝西省眉縣馬家鎮楊家村 2003MYJ：1〕 |
| | 隹（唯）卅又二年五月既生霸乙／卯〔陝西省眉縣馬家鎮楊家村 2003MYJ：7〕 |
| 四十三年逨鼎（西周晚） | 隹（唯）卅又三年六月既生霸丁亥〔陝西省眉縣馬家鎮楊家村 2003MYJ：2〕 |
| | 隹（唯）卅又三年六月既生霸丁亥〔陝西省眉縣馬家鎮楊家村 2003MYJ：3〕 |
| | 隹（唯）卅又三年六月既生霸丁亥〔陝西省眉縣馬家鎮楊家村 2003MYJ：4〕 |
| | 隹（唯）卅又三年六月既生霸丁亥〔陝西省眉縣馬家鎮楊家村 2003MYJ：5〕 |
| | 隹（唯）卅又三年六月既生霸丁亥〔陝西省眉縣馬家鎮楊家村 2003MYJ：6〕 |
| | 隹（唯）卅又三年六月既生霸丁亥〔陝西省眉縣馬家鎮楊家村 2003MYJ：8〕 |

| | |
|---|---|
| | 隹（唯）卅又三年六月既生霸丁亥〔陝西省眉縣馬家鎮楊家村 2003MYJ：12〕 |
| | 隹（唯）卅又三年六月既生霸丁亥〔陝西省眉縣馬家鎮楊家村 2003MYJ：13〕 |
| | 隹（唯）卅又三年六月既生霸丁亥〔陝西省眉縣馬家鎮楊家村 2003MYJ：16〕 |
| | 隹（唯）卅又三年六月既生霸丁亥〔陝西省眉縣馬家鎮楊家村 2003MYJ：18〕 |
| 叔＿父鼎（西周晚） | 隹（唯）十又一月／既死霸乙酉 |
| 頌鼎（西周晚） | 隹（唯）三年五月既死霸甲戌 |
| 頌簋（西周晚） | 隹（唯）三年五月既死霸甲戌〔蓋內〕隹（唯）三年五月既死霸甲戌〔器內底〕 |
| 頌壺（西周晚） | 隹（唯）三年五月既死霸甲戌隹〔器蓋樺〕（唯）三年五月既死／霸甲戌〔頸內壁〕 |
| 欒伯盤（西周晚） | 隹（唯）八月既生霸庚申 |
| 兮甲盤（西周晚） | 隹（唯）五年三月既死霸庚寅 |
| 儠匜（西周晚） | 隹（唯）三月既死霸甲申 |
| 牧簋（西周晚） | 隹（唯）王七年十又三月既生霸甲／寅， |
| 弭叔盨蓋（西周晚） | 隹（唯）五月既生／霸庚寅， |
| 伯克壺（西周晚） | 隹（唯）十又六年／七月既生雨（霸）／乙未 |
| 曾仲大父螽簋（西周晚） | 唯五月既生霸庚申， |
| 元年師旋簋（西周晚） | 隹（唯）王元年四月既生霸〔蓋內〕隹（唯）王元年四月既生霸〔器內底〕 |
| 五年師旋簋（西周晚） | 隹（唯）王五年九月既生霸／壬午，〔蓋內〕隹（唯）王五年九月既生霸／壬午，〔器內底〕 |
| 官差父簋（西周晚） | 隹（唯）王正月既／死霸乙卯 |
| 輔師嫠簋（西周晚） | 隹（唯）王九月既生霸甲寅 |
| 竈乎簋（西周晚） | 隹（唯）正二月既死霸／壬戌 |
| 揚簋（西周晚） | 隹（唯）王九月既眚（生）霸庚寅 |
| 大簋蓋（西周晚） | 隹（唯）十又二年三月／既生霸丁亥 |
| 下都雍公諴鼎／商雒鼎（春秋早） | 隹（唯）十又四月既死／霸壬午， |

| 9 | 胐 | | | |
|---|---|---|---|---|
| 10 | 朒 | | | |
| 11 | 朢 | 庚嬴鼎（西周早） | 隹（唯）廿又二年四／月既朢（望）己酉， | 朢字與望字在《說文》中劃分為2字，朢為壬部，望在亡部，以其字形，可推斷兩字實表同一義，亦同為一字，均是月相變化中滿月之義。 |
| | | 庚嬴卣（西周早） | 隹（唯）王十月既朢（望）〔蓋內〕隹（唯）王十月既朢（望），〔器內壁〕 | |
| | | 小盂鼎（西周早） | 隹（唯）八月既朢（望） | |
| | | 夰鼎（西周早） | 隹（唯）王九月既朢（望）乙／巳， | |
| | | 作冊魖卣（西周早） | 才（在）二月既朢（望）乙亥，〔蓋內〕才（在）二月既朢（望）乙亥，〔器內底〕 | |
| | | 作冊折尊（西周早） | 令乍（作）冊折兄（貺）朢／土于相侯， | |
| | | 獻簋／楷伯簋（西周早） | 隹（唯）九月既朢（望）庚寅， | |
| | | 士上卣／臣辰冊㐁卣（西周早） | 才（在）五月既朢（望）辛／酉，〔蓋內〕才（在）五月既朢（望）辛／酉，〔器內底〕 | |
| | | 士上盉／臣辰冊㐁盉（西周早） | 才（在）五月／既朢辛酉， | |
| | | 不㛱鼎（西周中） | 隹（唯）八月既朢（望）戊辰， | |
| | | 敔鼎（西周中） | 隹（唯）九月既朢（望）乙丑， | |
| | | 曶鼎（西周中） | 隹（唯）王元年六月既朢（望）乙亥， | |
| | | 鮮簋（西周中） | ，唯五月／既朢（望）戊午， | |
| | | 縣改簋／縣妃簋（西周中） | 隹（唯）十又二月既朢（望）， | |
| | | 趞鼎（西周晚） | 隹（唯）十又九年四月既朢（望）辛／卯， | |
| | | 走簋／徒敦（西周晚） | 隹（唯）王十又二年三月既朢（望）／庚寅， | |
| | | 師穎簋（西周晚） | 隹（唯）王元年九月既朢丁／亥， | |
| | | 蔡簋（西周晚） | 隹（唯）元年既朢（望）丁亥 | |
| | | 師訇簋／師訇敦（西周晚） | 隹（唯）元年二／月既朢（望）庚寅， | |
| | | 鄦公鼎（春秋早） | 隹（唯）王八月既朢（望） | |
| | 望 | 小臣傳簋（西周早） | 隹（唯）五月既望甲子， | |
| | | 靜鼎（西周早） | 月既望丁丑， | |
| | | 士上尊／臣辰冊㐁尊（西周早） | ／才（在）五月既望辛／酉， | |

| 御正良爵（西周早） | 隹（唯）四月／既望丁亥， |
|---|---|
| 保卣（西周早） | 才（在）二月既望（望）。〔蓋內〕才（在）二月既望。〔器內壁〕 |
| 保尊（西周早） | 才（在）二月既望。 |
| 員鼎（西周早或中） | 唯征（正）月既望癸酉， |
| 走馬休盤（西周中） | 隹（唯）廿年正月既望甲戌， |
| 大師盧簋（西周中） | 正月既望甲午，〔蓋內〕正月既望甲午，〔器內底〕 |
| 師秦宮鼎（西周中） | 隹（唯）五月既望， |
| 師趛盨（西周中） | 隹（唯）王正月既望， |
| 師虎簋（西周中） | 隹（唯）元年六月既望甲戌， |
| 無叀鼎／無專鼎（西周晚） | 隹（唯）九月既望甲戌， |
| 袤鼎（西周晚） | 隹（唯）廿又八年五月既朗（望）庚／寅， |
| 袤盤（西周晚） | 隹（唯）廿又八年五月既望庚／寅， |
| 伊簋（西周晚） | 隹（唯）王廿又七年正月既望／丁亥， |
| 晉侯穌鐘（西周晚） | 月既望癸卯， |
| 晉侯對匜（西周晚） | 隹（唯）九月既望／戊寅， |
| 事族簋（西周晚） | 隹（唯）三月既望乙／亥， |
| 伯龢鼎（西周） | 隹（惟）十又二月既望／丁丑， |
| 睡虎地・日書甲（戰國晚） | 弦望及五辰不可興樂□（27）、以望之日日始出而食之（68背） |
| 睡虎地・日書乙（戰國晚） | 凡月望不可取婦家（嫁）女（118） |
| 馬王堆・52病方（漢） | 除日已望（110） |
| 馬王堆・陰陽五行甲（漢） | 丑月望不可（130） |
| 馬王堆・出行占（漢） | 月望不可東（24） |
| 馬王堆・周易（漢） | 日月既（幾）望（38） |
| 馬王堆・養生方（漢） | 以五月望取蚩鄉軹者篇（21） |
| 12 碩 | |

表格中 5 字，多數義項均為月相。此外，由於五字均能單獨表義，不需要與其他字連用就能表達為與月亮相關義，因此多數字字義即等於詞義。接著，可以將資料彙整為下方比例表，以便查看各字用為天文者占出土文物中的比例為多少。

表 4-1-2：出土文物與月字相關天文詞例比例表

| 字例 | 天文者數量 | 出現總數 | 比例〔註4〕 |
|---|---|---|---|
| 示 | 0 | 18 | 0% |
| 祟 | 0 | 1 | 0% |
| 晦 | 6 | 17 | 35.29% |
| 冥 | 0 | 16 | 0% |
| 月 | 17 | 1925 | 0.88% |
| 朔 | 42 | 78 | 53.85% |
| 朏 | 0 | 6 | 0% |
| 霸 | 107 | 116 | 92.24% |
| 朓 | 0 | 0 | 0% |
| 朒 | 0 | 0 | 0% |
| 望 | 53 | 98 | 54.08% |
| 䂬 | 0 | 1 | 0% |

將此表與第三章與日相關字群出土文物天文比例表相比，可發現本表的數據較第三章高出許多，收錄 5 字比例多數超過 10%，僅月字比例較低為 0.88%，第三章則只有䣚字高達 15.38%，其餘諸字均低於 10%，且比對總數會發現第四章的比例，總數多是高於 10 條目，而第三章部分僅東、日、烏等少數字數據超過 10 條。由此可說明，在出土文物裡，《說文》所載與月相關的字較與日相關更常用為天文義。

## 第二節　傳世文獻中的詞義

此處彙整與月相關的晦、冥、月、朔、朏、霸、朓、朒、望、示、祟、䂬 12 字，經整理在傳世文獻中用為天文詞義者有「晦、月、朔、朏、望、䂬」共 6 字，表列與說明如下：

---

〔註 4〕取至小數點後第二位

表4-2-1：與月字相關天文詞例見於傳世文獻一覽表

| 排序 | 字例 | 文　獻 | 詞　　例 | 說　明 |
|---|---|---|---|---|
| 1 | 示 | | | |
| 2 | 祭 | | | |
| 3 | 晦 | 左傳·僖公經15年 | 己卯晦。震夷伯之廟。 | 此處晦字亦同出土文物為月晦之義。 |
| | | 左傳·僖公傳24年 | 己丑。晦。公宮火。瑕甥。郤芮。不獲公。 | |
| | | 左傳·成公經16年 | 甲午。晦。晉侯及楚子。鄭伯。戰于鄢陵。 | |
| | | 左傳·成公傳16年 | 甲午。晦。楚晨壓晉軍而陳。軍吏患之。 | |
| | | 左傳·成公傳17年 | 閏月。乙卯。晦。欒書中行偃殺胥童。 | |
| | | 左傳·成公傳18年 | 齊為慶氏之難故。甲申晦。齊侯使士華免以戈殺國佐于內宮之朝。 | |
| | | 左傳·襄公傳18年 | 丙寅晦。齊師夜遁。 | |
| | | 左傳·襄公傳19年 | 夏。五月。壬辰。晦。齊靈公卒。莊公即位。 | |
| | | 左傳·昭公傳20年 | 丁巳。晦。公入。 | |
| | | 左傳·昭公傳23年 | 戊辰。晦。戰于雞父。 | |
| | | 公羊傳·僖公15年 | 己卯。晦震夷伯之廟晦者何。冥也。 | |
| | | 公羊傳·成公16年 | 甲午。晦。晦者何。冥也。 | |
| | | 穀梁傳·隱公3年 | 己巳。日有食之。言日不言朔。食。晦日也。 | |
| | | 穀梁傳·僖公15年 | 己卯。晦震夷伯之廟。晦。冥也。 | |
| | | 穀梁傳·成公16年 | 甲午晦。晉侯及楚子。鄭伯。戰于鄢陵。 | |
| 4 | 冥 | | | |
| 5 | 月 | 周易·乾 | 夫大人者與天地合其德。與日月合其明。與四時合其序。 | 同出土文物，均指月亮言。 |
| | | 周易·小畜 | 上九。既雨既處。尚德載。婦貞厲。月幾望。君子征凶。 | |

| | | |
|---|---|---|
| 周易‧豫 | 天地以順動。故日月不過。而四時不忒。 |
| 周易‧離 | 彖曰。離。麗也。日月麗乎天。百穀草木麗乎土。 |
| 周易‧恆 | 日月得天。而能久照。 |
| 周易‧歸妹 | 月幾望。吉。 |
| 周易‧豐 | 日中則昃。月盈則食。 |
| 周易‧中孚 | 六四。月幾望。馬匹亡。无咎。 |
| 周易‧繫辭上 | 日月運行。一寒一暑。……變通配四時。陰陽之義配日月。……縣象著明莫大乎日月。崇高莫大乎富貴。 |
| 周易‧繫辭下 | 天地之道。貞觀者也。日月之道。貞明者也。……日往則月來。月往則日來。日月相推而明生焉。 |
| 尚書‧虞書‧堯典 | 乃命羲和。欽若昊天。曆象日月星辰。敬授人時。 |
| 尚書‧虞書‧益稷 | 予欲觀古人之象。日。月。星。辰。山。龍。華蟲。作會。 |
| 尚書‧周書‧泰誓下 | 惟我文考若日月之照臨。光于四方。顯于西土。 |
| 尚書‧周書‧洪範 | ……日月之行。則有冬有夏。月之從星。則以風雨。 |
| 尚書‧周書‧秦誓 | 惟受責俾如流。是惟艱哉。我心之憂。日月逾邁。若弗云來。 |
| 毛詩‧邶風‧柏舟 | 日居月諸。胡迭而微。 |
| 毛詩‧邶風‧日月 | 日月。衛莊姜傷己也。……日居月諸。照臨下土。……日居月諸。下土是冒。……日居月諸。出自東方。……日居月諸。東方自出。 |
| 毛詩‧邶風‧雄雉 | 瞻彼日月。悠悠我思。 |
| 毛詩‧齊風‧雞鳴 | 東方明矣。朝既昌矣。匪東方則明。月出之光。 |
| 毛詩‧齊風‧東方之日 | 東方之月兮。 |
| 毛詩‧唐風‧蟋蟀 | 今我不樂。日月其除。……今我不樂。日月其邁。……今我不樂。日月其慆。 |
| 毛詩‧陳風‧月出 | 月出。刺好色也。……月出皎兮。佼人僚兮。……月出皓兮。佼人懰兮。……月出照兮。佼人燎兮。 |

| 毛詩・小雅・鹿鳴之什・天保 | 如月之恆。如日之升。 |
|---|---|
| 毛詩・小雅・節南山之什・十月 | 日有食之。亦孔之醜。彼月而微。此日而微。……日月告凶。不用其行。……彼月而食。則維其常。 |
| 毛詩・小雅・魚藻之什・漸漸之石 | 有豕白蹢烝涉波矣。月離于畢。俾滂沱矣。 |
| 周禮・鼓人 | 救日月。則詔王鼓。 |
| 周禮・大宗伯 | 以實柴祀日月星辰。 |
| 周禮・典瑞 | 圭璧以祀日月星辰。……土圭以致四時日月。 |
| 周禮・大司樂 | 凡日月食。四鎮五嶽崩。 |
| 周禮・占夢 | 以日月星辰占六夢之吉凶。 |
| 周禮・馮相氏 | 冬夏致日。春秋致月。以辨四時之敘。 |
| 周禮・保章氏 | 保章氏掌天星以志星辰日月之變動。 |
| 周禮・司常 | 司常掌九旗之物名。各有屬以待國事。日月為常。交龍為旂。 |
| 周禮・大僕 | 凡軍旅田役。贊王鼓。救日月。亦如之。 |
| 周禮・司烜氏 | 司烜氏掌以夫遂取明火於日。以鑒取明水於月。 |
| 周禮・庭氏 | 若不見其鳥獸。則以救日之弓。與救月之矢射之。 |
| 周禮・輈人 | 輪輻三十。以象日月也。 |
| 周禮・玉人 | 圭璧五寸。以祀日月星辰。 |
| 儀禮・覲禮 | 天子乘龍。載大旂。象日月。……禮日於南門外。禮月與四瀆於北門外。 |
| 禮記・曲禮上 | ……名子者。不以國。不以日月。不以隱疾。不以山川。 |
| 禮記・月令 | 司天日月星辰之行。……日窮于次。月窮于紀。星回于天。數將幾終。歲且更始。 |
| 禮記・禮運 | 播五行於四時。和而后月生也。……以陰陽為端。以四時為柄。以日星為紀。月以為量。……以日星為紀。故事可列也。月以為量。故功有藝也。 |
| 禮記・禮器 | 故作大事。必順天時。為朝夕必放於日月。……大明生於東。月生於西。此陰陽之分。 |

| 禮記·郊特牲 | 旂十有二旒。龍章而設日月。以象天也。 |
|---|---|
| 禮記·內則 | 凡名子。不以日月。不以國。 |
| 禮記·明堂位 | 旂十有二旒。日月之章。祀帝于郊。配以后稷。天子之禮也。 |
| 禮記·樂記 | 動之以四時。煖之以日月。而百化興焉。 |
| 禮記·祭法 | 及夫日月星辰。民所瞻仰也。 |
| 禮記·祭義 | 大報天而主日。配以月。……祭日於壇。祭月於坎。……祭日於東。祭月於西。……日出於東。月生於西。 |
| 禮記·經解 | 故德配天地。兼利萬物。與日月並明。 |
| 禮記·哀公問 | 孔子對曰。貴其不已。如日月東西相從而不已也。是天道也。 |
| 禮記·孔子閒居 | 孔子曰。天無私覆。地無私載。日月無私照。奉斯三者以勞天下。此之謂三無私。 |
| 禮記·中庸 | 今夫天。斯昭昭之多。及其無窮也。日月星辰繫焉。萬物覆焉。……如日月之代明。萬物並育而不相害。……天之所覆。地之所載。日月所照。霜露所隊。凡有血氣者。莫不尊親。 |
| 禮記·表記 | 是故不犯日月。不違卜筮。……子曰。君子敬則用祭器。是以不廢日月。不違龜筮。 |
| 禮記·昏義 | 婦順不脩。陰事不得。適見於天。月為之食。……月食則后素服。而脩六宮之職。……故天子之與后。猶日之與月。陰之與陽。相須而后成者也。 |
| 禮記·鄉飲酒義 | 三賓。象三光也。讓之三也。象月之三日而成魄也。……立賓以象天。立主以象地。設介僎以象日月。……。紀之以日月。參之以三光。政教之本也。……月者三日則成魄。 |
| 左傳·莊公傳25年 | 凡天災。有幣無牲。非日月之眚。不鼓。 |
| 左傳·僖公傳5年 | 丙子旦。日在尾。月在策。鶉火中。必是時也。 |
| 左傳·宣公傳12年 | 夫其敗也。如日月之食焉。何損於明。 |
| 左傳·成公傳16年 | 王怒曰。大辱國。詰朝。爾射死藝。呂錡夢射月。中之。退入於泥。占之曰。姬姓。日也。異姓。月也。必楚王也。 |

| | | | | |
|---|---|---|---|---|
| | | 左傳·襄公傳14年 | 民奉其君。愛之如父母。仰之如日月。敬之如神明。畏之如雷霆。其可出乎。 | |
| | | 左傳·昭公傳元年 | 日月星辰之神。則雪霜風雨之不時。於是乎禜之。 | |
| | | 左傳·昭公傳7年 | 國無政。不用善。則自取謫于日月之災。故政不可不慎也。……公曰。何謂六物對曰。歲時日月星辰是謂也。……對曰。日月之會是謂辰。故以配日。 | |
| | | 左傳·昭公傳21年 | 對曰。二至二分。日有食之。不為災。日月之行也。分同道也。至相過也。 | |
| | | 左傳·昭公傳31年 | 入郢必以庚辰。日月在辰尾。庚午之日。日始有謫。火勝金。 | |
| | | 論語·子張 | ……子貢曰。君子之過也。如日月之食焉。過也人皆見之。……仲尼。日月也。無得而踰焉。人雖欲自絕。其何傷於日月乎。多見其不知量也。 | |
| | | 爾雅·釋天 | 月在甲曰畢。 | |
| | | 孟子·公孫丑下 | 古之君子。其過也如日月之食。民皆見之。 | |
| | | 孟子·盡心上 | 觀水有術。必觀其瀾。日月有明。容光必照焉。 | |
| 6 | 朔 | 尚書·虞書·舜典 | 十有一月朔巡守。至于北岳。 | 朔字為月朔之義，即初一日未能看見月亮的那一天。 |
| | | 尚書·虞書·大禹謨 | 正月朔旦。受命于神宗。 | |
| | | 尚書·商書·太甲中 | 十有二月朔。 | |
| | | 周禮·大史 | 正歲年以序事。頒之于官府及都鄙。頒告朔于邦國。 | |
| | | 禮記·月令 | 合諸侯制。百縣為來歲受朔日。 | |
| | | 禮記·玉藻 | 玄端而朝日於東門之外。聽朔於南門之外。……諸侯玄端以祭。裨冕以朝。皮弁以聽朔於大廟。……孔子曰。朝服而朝。卒朔然後服之。 | |
| | | 禮記·大傳 | 立權度量。考文章。改正朔。易服色。 | |
| | | 左傳·桓公經3年 | 秋。七月。壬辰朔。 | |
| | | 左傳·桓公經17年 | 冬。十月朔。 | |
| | | 左傳·桓公傳17年 | 冬。十月朔。 | |

| | |
|---|---|
| 左傳‧莊公經 25 年 | 六月。辛未。朔。 |
| 左傳‧莊公傳 25 年 | 夏。六月。辛未朔。……唯正月之朔。慝未作。日有食之。 |
| 左傳‧莊公經 26 年 | 冬。十有二月。癸亥朔。 |
| 左傳‧莊公經 30 年 | 九月。庚午朔。 |
| 左傳‧僖公經 5 年 | 九月。戊申朔。 |
| 左傳‧僖公傳 5 年 | 春。王正月。辛亥朔。日南至。公既視朔。遂登觀臺以望……冬。十二月。丙子朔。 |
| 左傳‧僖公傳 15 年 | 夏。五月。日有食之。不書朔與日。官失之也。 |
| 左傳‧僖公經 16 年 | 春。王正月。戊申朔。 |
| 左傳‧僖公經 22 年 | 冬。十有一月。己巳。朔。 |
| 左傳‧僖公傳 22 年 | 冬。十一月。己巳。朔。 |
| 左傳‧文公傳 元年 | 五月。辛酉朔。 |
| 左傳‧文公傳 6 年 | 閏月不告朔。非禮也。……不告閏朔。弃時政也。 |
| 左傳‧文公經 15 年 | 六月。辛丑。朔。 |
| 左傳‧文公傳 15 年 | 六月。辛丑朔。 |
| 左傳‧文公經 16 年 | 夏。五月。公四不視朔。 |
| 左傳‧文公傳 16 年 | 夏。五月。公四不視朔。疾也。 |
| 左傳‧成公經 16 年 | 六月。丙寅朔。 |
| 左傳‧成公經 17 年 | 十有二月丁巳朔。 |
| 左傳‧成公傳 18 年 | 二月。乙酉朔。 |
| 左傳‧襄公經 14 年 | 二月。乙未朔。 |

| | |
|---|---|
| 左傳·襄公傳<br>18 年 | 十一月。丁卯。朔。 |
| 左傳·襄公經<br>20 年 | 冬。十月。丙辰朔。 |
| 左傳·襄公經<br>21 年 | 九月。庚戌朔。……冬。十月。庚辰朔。 |
| 左傳·襄公經<br>23 年 | 春。王二月。癸酉朔。 |
| 左傳·襄公經<br>24 年 | 秋。七月。甲子。朔。……八月。癸巳朔。 |
| 左傳·襄公傳<br>26 年 | 三月。甲寅。朔。 |
| 左傳·襄公經<br>27 年 | 冬。十有二月。乙卯。朔。 |
| 左傳·襄公傳<br>27 年 | 六月丁未朔。……十一月。乙亥。朔。 |
| 左傳·襄公傳<br>28 年 | 十二月。乙亥。朔。 |
| 左傳·襄公傳<br>30 年 | 正月甲子朔。 |
| 左傳·昭公傳<br>元年 | 甲辰朔。 |
| 左傳·昭公經<br>7 年 | 夏。四月。甲辰。朔。 |
| 左傳·昭公傳<br>7 年 | 夏。四月。甲辰。朔。 |
| 左傳·昭公傳<br>12 年 | 冬。十月。壬申。朔。 |
| 左傳·昭公經<br>15 年 | 六月。丁巳。朔日有食之。 |
| 左傳·昭公經<br>17 年 | 夏。六月。甲戌。朔。 |
| 左傳·昭公傳<br>17 年 | 夏。六月。甲戌。朔。……唯正月朔。慝未作。………嗇夫馳。庶人走。此月朔之謂也。 |
| 左傳·昭公傳<br>20 年 | 秋。七月。戊午。朔。 |
| 左傳·昭公經<br>21 年 | 秋。七月。壬午。朔。 |
| 左傳·昭公傳<br>21 年 | 秋。七月。壬午。朔。 |

| 左傳·昭公經 22 年 | 十有二月。癸酉。朔。 |
|---|---|
| 左傳·昭公傳 23 年 | 春。王正月。壬寅。朔。 |
| 左傳·昭公經 24 年 | 夏。五月。乙未。朔。 |
| 左傳·昭公傳 24 年 | 夏。五月。乙未。朔。 |
| 左傳·昭公經 31 年 | 十有二月。辛亥。朔。 |
| 左傳·昭公傳 31 年 | 十有二月。辛亥。朔。 |
| 左傳·定公經 5 年 | 春。王三月。辛亥。朔。 |
| 左傳·定公經 12 年 | 十有一月。丙寅。朔。 |
| 左傳·定公經 15 年 | 八月。庚辰。朔。 |
| 左傳·哀公經 14 年 | 五月。庚申朔。 |
| 公羊傳·隱公 3 年 | 日食。則曷為或日。或不日。或言朔。或不言朔。曰。某月某日朔。日有食之者。食正朔也。 |
| 公羊傳·桓公 3 年 | 秋七月。壬辰朔。 |
| 公羊傳·桓公 17 年 | 冬。十月朔。 |
| 公羊傳·莊公 25 年 | 六月。辛未朔。 |
| 公羊傳·莊公 26 年 | 冬。十有二月。癸亥朔。 |
| 公羊傳·莊公 30 年 | 九月。庚午朔。 |
| 公羊傳·僖公 5 年 | 九月。戊申朔。 |
| 公羊傳·僖公 16 年 | 春。王正月。戊申。朔。……朔有事則書。晦雖有事不書。 |
| 公羊傳·僖公 22 年 | 冬。十有一月。己巳朔。……此其言朔何。春秋辭繁而不殺者。正也。 |
| 公羊傳·文公 元年 | 二月。癸亥。朔。 |

| 公羊傳·文公6年 | 不告月者何。不告朔也。曷為不告朔。天無是月也。 |
|---|---|
| 公羊傳·文公15年 | 六月。辛丑朔。 |
| 公羊傳·文公16年 | 夏。五月。公四不視朔。公曷為四不視朔。公有疾也。何言乎公有疾不視朔。自是公無疾。不視朔也。然則曷為不言公無疾不視朔。 |
| 公羊傳·成公16年 | 六月。丙寅朔。 |
| 公羊傳·成公17年 | 十有二月。丁巳朔。 |
| 公羊傳·襄公14年 | 二月。乙未。朔日有食之。 |
| 公羊傳·襄公20年 | 冬。十月。丙辰。朔。 |
| 公羊傳·襄公21年 | 九月。庚戌朔。……冬。十月。庚辰朔。 |
| 公羊傳·襄公23年 | 春。王二月。癸酉。朔。 |
| 公羊傳·襄公24年 | 秋。七月。甲子。朔。……大水。八月。癸巳。朔。 |
| 公羊傳·襄公27年 | 冬。十有二月。乙亥。朔。 |
| 公羊傳·昭公7年 | 夏。四月。甲辰。朔。 |
| 公羊傳·昭公15年 | 六月。丁巳。朔日有食之。 |
| 公羊傳·昭公17年 | 夏。六月。甲戌朔。 |
| 公羊傳·昭公21年 | 秋。七月。壬午朔。 |
| 公羊傳·昭公22年 | 十有二月。癸酉。朔。 |
| 公羊傳·昭公24年 | 夏。五月。乙未。朔。 |
| 公羊傳·昭公31年 | 十有二月。辛亥。朔。 |
| 公羊傳·定公5年 | 春。王正月。辛亥朔。 |

| | |
|---|---|
| 公羊傳·定公 12 年 | 十有一月。丙寅。朔。 |
| 公羊傳·定公 15 年 | 八月。庚辰朔。 |
| 穀梁傳·隱公 3 年 | 春。王二月。己巳。日有食之。言日不言朔。 |
| 穀梁傳·桓公 3 年 | 秋七月。壬辰。朔。……言日言朔。食正朔也。 |
| 穀梁傳·桓公 17 年 | 冬。十月朔。日有食之。言朔不言日。食既朔也。 |
| 穀梁傳·莊公 18 年 | 不言日。不言朔。夜食也。……故天子朝日。諸侯朝朔。 |
| 穀梁傳·莊公 25 年 | 六月。辛未。朔。……言日言朔。食正朔也。 |
| 穀梁傳·莊公 26 年 | 冬。十有二月。癸亥。朔。 |
| 穀梁傳·莊公 30 年 | 九月。庚午。朔。 |
| 穀梁傳·僖公 5 年 | 九月。戊申。朔。 |
| 穀梁傳·僖公 16 年 | 春。王正月。戊申。朔。 |
| 穀梁傳·僖公 22 年 | 冬。十有一月。己巳。朔。……日事遇朔曰朔。 |
| 穀梁傳·文公 6 年 | 不告月者。何也。不告朔也。不告朔。則何為不言朔也。……天子不以告朔。而喪事不數也。 |
| 穀梁傳·文公 15 年 | 六月。辛丑。朔。 |
| 穀梁傳·文公 16 年 | 夏。五月。公四不視朔。天子告朔于諸侯。諸侯受乎禰廟。禮也。公四不視朔。公不臣也。 |
| 穀梁傳·成公 16 年 | 六月。丙寅朔。 |
| 穀梁傳·成公 17 年 | 十有二月。丁巳。朔。 |
| 穀梁傳·襄公 14 年 | 二月。乙未朔。 |
| 穀梁傳·襄公 20 年 | 冬。十月。丙辰。朔。 |

| | | 穀梁傳・襄公 21 年 | 九月。庚戌。朔。……冬。十月。庚辰。朔。 | |
|---|---|---|---|---|
| | | 穀梁傳・襄公 23 年 | 春。王二月。癸酉。朔。 | |
| | | 穀梁傳・襄公 24 年 | 秋。七月。甲子。朔。……八月。癸巳。朔。 | |
| | | 穀梁傳・襄公 27 年 | 冬。十有二月。乙亥。朔。 | |
| | | 穀梁傳・昭公 7 年 | 夏。四月。甲辰。朔。 | |
| | | 穀梁傳・昭公 15 年 | 六月。丁巳。朔。 | |
| | | 穀梁傳・昭公 17 年 | 夏。六月。甲戌。朔。 | |
| | | 穀梁傳・昭公 21 年 | 秋。七月。壬午。朔。 | |
| | | 穀梁傳・昭公 22 年 | 十有二月。癸酉。朔。 | |
| | | 穀梁傳・昭公 24 年 | 夏。五月。乙未。朔。 | |
| | | 穀梁傳・昭公 31 年 | 十有二月。辛亥。朔。 | |
| | | 穀梁傳・定公 5 年 | 春。王正月。辛亥。朔。 | |
| | | 穀梁傳・定公 12 年 | 十有一月。丙寅。朔。 | |
| | | 穀梁傳・定公 15 年 | 八月。庚辰。朔。 | |
| | | 論語・八佾 | 子貢欲去告朔之餼羊。子曰。賜也。爾愛其羊。我愛其禮。 | |
| 7 | 朏 | 尚書・周書・召誥 | 三月。惟丙午朏。越三日戊申。 | 朏字為月初出尚不明亮的樣子。 |
| | | 尚書・周書・畢命 | 惟十有二年。六月庚午朏。越三日壬申。 | |
| 8 | 霸 | | | |
| 9 | 朓 | | | |
| 10 | 朒 | | | |
| 11 | 朢望 | 周易・小畜 | 月幾望。君子征凶。 | 朢字為十五日，月相為滿月。 |
| | | 周易・歸妹 | 月幾望。 | |
| | | 周易・中孚 | 六四。月幾望。馬匹亡。无咎。 | |
| | | 尚書・周書・召誥 | 惟二月既望。越六日乙未。 | |

| 12 | 磒隕 | 左傳·僖公經16年 | 春。王正月。戊申朔。隕石于宋五。 | 《說文》同時收有石部磒及𨸏部隕二字。隕字說解為「從高下也」〔註5〕，而磒字則為「落也」〔註6〕，如僅憑這段說解，未能看出與天文相關義，故查其是否有援引「其他文獻」〔註7〕，以供參考。由文獻得知，磒字較隕接近天文義，故取磒非隕字。雖然本文僅取磒字，事實上兩隕字為異體字關係，「隕為標準字，磒為異體字」〔註8〕，且磒字亦只見《說文》援引《春秋左傳》一例，故傳世文獻中出現隕字者亦收錄之。 |
| | | 左傳·僖公傳16年 | 春。隕石于宋五。隕星也。 | |
| | | 穀梁傳·僖公16年 | 春。王正月。戊申。朔。隕石于宋。五。 | |

　　傳世文獻有用為天文相關詞例者僅有「晦、月、朔、朏、朢、磒」6字，與出土文物用為天文義的字相比，少了「霸」字，僅多2字「朏」和「磒」〔註9〕，然而除磒字外，其餘字在傳世文獻中與出土文物用法相同，均不須與他字連用，單獨成義即可表達天文義。磒字則是須搭配他字才能表達天文意涵，且不可作為動詞使用。如《左傳·莊公經7年》:「夏，四月，辛卯夜，恆星不見。

〔註5〕〔漢〕許慎著，〔清〕段玉裁注:《說文解字注》(上海:上海古籍出版社，1981年)，頁733上。

〔註6〕〔漢〕許慎著，〔清〕段玉裁注:《說文解字注》，頁450上。

〔註7〕兩字《說文》說解均有引用文獻，隕字引《易經》:「有隕自天」，磒字引《春秋左傳》:「磒石于宋五」，前者為落下意，後者亦為落下，然而磒字與石字連用為「磒石」，屬於天文義，故本文收錄磒字，而非隕字。可參註5、6出處。

〔註8〕可參教育部異體字字典，2017年3月20日下午11點 http://dict.variants.moe.edu.tw/yitia/fra/fra04439.htm

〔註9〕即出土文物部分用為天文義者是「晦、月、朔、霸、朢」5字，與此處相比，多了霸，缺少了磒、朏2字。

夜中，星隕如雨。」〔註10〕即是用為動詞，為落下之義，與天文無關。上表中隕當天文義者為「隕石」、「隕星」，是當作詞組使用，若要強迫解釋隕字，亦不該當動詞使用，或該當形容詞「落下的」使用。與上一節相同，可以整理出一張比例表，藉以分析各字作為天文義使用的詞例佔整體的比例，由此而可得知各字作為天文使用的程度。

表4-2-2：傳世文獻與月字相關天文詞例比例表

| 字例 | 天文者數量 | 出現總數 | 比例〔註11〕 |
|---|---|---|---|
| 示 | 0 | 135 | 0% |
| 祭 | 0 | 10 | 0% |
| 晦 | 18 | 40 | 45.00% |
| 冥 | 0 | 29 | 0% |
| 月 | 110 | 3378 | 3.26% |
| 朔 | 163 | 226 | 72.12% |
| 朏 | 2 | 2 | 100.00% |
| 霸 | 0 | 41 | 0% |
| 朓 | 0 | 0 | 0% |
| 朒 | 0 | 0 | 0% |
| 望 | 4 | 186 | 2.15% |
| 磒 | 4 | 46 | 8.70% |

比較第三章天文比例表，可發現上列表格中總數一欄與第三章的資料不同，雖然依舊是集中在常用字上，但整體數量較與日相關字群為多，因此比例也較第三章來得可靠。此種情形實際上已可從本章第一節中的詞例探討發現，意即多數字是為常用字例，且多為單獨成義，再者由於本章確定有天文詞例資料的字，本義較前章更接近「月亮本身」〔註12〕，因此也較容易有更多的天文詞例的出現。有關字義的部分則留待第三節說明。

---

〔註10〕〔晉〕杜預注，〔唐〕孔穎達正義：《春秋左傳》（十三經注疏阮元校勘本，臺北：藝文印書館，1989年1月），頁142。

〔註11〕取至小數點後第二位。

〔註12〕並非指第三章與日的關係較淺。這裡說明的是與月亮本身變化較為接近，因此擁有更直接的天文義，並非如同第三章為傳說，為太陽斜側等義。意即闡述的角度不同，第三章的字詞多數比較像是由外而內的說明太陽的狀態，即日出、日溫氣等，雖然仍有如鑴字，直接說明太陽者。而第四章部分則為由內說明月亮的變化。此處的內字是太陽、月亮本身，外字則是除太陽、月亮之外的說明。簡言之，第三章的日出、傳說、日溫氣等，均非太陽本身即有的變化，反之第四章的月相，則是關乎月亮本身的盈缺。

## 第三節　詞義演變探究

　　前兩節分就出土文物與傳世文獻兩項資料討論，然而詞義的問題勢必要將兩種資料合併討論，但若是詳細羅列詞例資料又會有徒增篇幅，難以細述的情況，於是本節將彙整前兩節的比例圖，製成完整的比例表，以供理解兩項資料的差異。

表 4-3-1：出土文物及傳世文獻與月字相關天文比例總表

| 字例 | 傳世文獻比例<br>（天文者數量／總數） | 出土文物比例<br>（天文者數量／總數） |
|---|---|---|
| 示 | 0%（0/135） | 0%（0/18） |
| 祟 | 0%（0/10） | 0%（0/1） |
| 晦 | 45.00%（18/40） | 35.29%（6/17） |
| 冥 | 0%（0/29） | 0%（0/16） |
| 月 | 3.26%（110/3378） | 0.88%（17/1925） |
| 朔 | 72.12%（163/226） | 53.85%（42/78） |
| 朏 | 100.00%（2/2） | 0%（0/6） |
| 霸 | 0%（0/41） | 92.24%（107/116） |
| 朓 | 0%（0/0） | 0%（0/0） |
| 朒 | 0%（0/0） | 0%（0/0） |
| 朢 | 2.15%（4/186） | 54.08%（53/98） |
| 碩 | 8.70%（4/46） | 0%（0/1） |

　　藉由上表可以看出晦、月、朔、朏、碩 5 字，傳世文獻的天文比例均較出土文物增加許多，之中的朏、碩 2 字，更是在出土文物裡未見天文義。傳世文獻絕對較出土文物增添了許多天文描述，此一思考脈絡在其他章節中並無不當，然而在第四章中，這個敘述是可以被討論的，表格中霸、朢字就代表了這項思維可以進行反思的地方。這兩個字各代表著「一個面向」〔註13〕，首先是霸字均是僅在出土文物中才有天文義，傳世文獻中則未能見到相關天文詞例，這傳達了什麼呢？霸字在出土文物中多數代表每月初始看到的月亮，到了傳世文獻中霸字較常被使用為「霸主、稱霸」即首領、稱雄的意思。〔註14〕出土文物中的「月始見」之意在傳世文獻中有了相似的字義，即朏字。如此一來霸字

〔註13〕即字義被其他字取代，或是保有字義，但使用的更多的是另一義。

〔註14〕參考教育部異體字字典，2017 年 3 月 22 日下午 11 點 http://dict.variants.moe.edu. tw/yitia/fra/fra04491.htm。

的天文義也就逐漸被朏字給取代。再者，朢字也是相似的情形，出土文物中為月相之意，傳世文獻中仍保有月相義，但更多的是「眺望、遠望」的意涵，導致天文比例下降，因此才會有傳世文獻比例少於出土文物的情形發生。最後本節將帶入《說文》說解，藉以瞭解兩項資料在天文義上與說解間是否有差異產生，以便了解出土、傳世兩項資料與《說文》之間的關係。

表 4-3-2：《說文》月字相關字例與出土、傳世詞義比較表

| 字例 | 說文說解 | 出土文物 | 傳世文獻 |
|---|---|---|---|
| 晦 | 月盡也。從日每聲。 | 相同，均為未能看見月亮一義。與《說文》說解、第二章考釋本義相同，均歸入中度相關。 | 同左。 |
| 月 | 闕也。太陰之精。象形。凡月之屬皆從月。 | 不同，為月亮之義，《說文》言闕也，是以其常缺釋之，乃其引申義。與《說文》說解、第二章考釋本義相同，均歸入高度相關。 | 同左。 |
| 朔 | 月一日始蘇也。從月屰聲。 | 相同，均是月相，初一日未能看見月亮。與《說文》說解、第二章考釋本義相同，均歸入高度相關。 | 同左。 |
| 朏 | 月未盛之明也。從月出聲。（段：從月出）周書曰丙午朏。 | 無。據此處應歸入無關。 | 相同，均為月初出，仍未光亮之義。與《說文》說解、第二章考釋本義相同，均歸入中度相關。 |
| 霸 | 月始生魄然也。承大月二日，承小月三日。從月霎聲。周書曰哉生霸也。 | 相同，均為月始初見的月光。與《說文》說解、第二章考釋本義相同，均歸入中度相關。 | 無。據此處應歸入無關。 |
| 朢 | 月滿也，與日相望以朝君。從臣從月從壬。壬，朝廷也。 | 相同，為月相，指滿月時的月亮。第二章考釋本義歸入無關。此處與《說文》說解相同，均應歸入高度相關。 | 同左。 |
| 磒 | 落也。從石員聲。（段：從石貟聲。）春秋傳曰磒石於宋五。 | 無。據此處應歸入無關。 | 相似，需與他字連用，方能表達天文義，為表達天文的專有名詞，如：「隕石」、「隕星」。第二章考釋本義歸入無關。此處應歸入高度相關。 |

　　經由上表可知多數字與《說文》說解相近，即便有所差異，亦未如第三章收納各字歧出，未能與日的字義相合。而本章與月相關收為天文義的諸字卻是緊扣著「月相」此一要素，且出土、傳世兩項詞例資料與《說文》之間並未有不同之處。惟《說文》月字與文獻不同之處，乃是在於《說文》所釋為共同認知，且於不須多加定義的字時，會使用引申聲訓等方法補充說明，而非言其本義，因此雖然此處與文獻不同，但亦能以引申義理解，不致於全面否定《說文》說解。此外，本章中共收錄《說文》月字相關 12 字，分別為晦、冥、月、朔、朏、霸、朓、朒、望、示、祭、碩，其中在出土文物中僅見有「晦、月、朔、霸、望」，共 5 字擁有天文相關詞例，在傳世文獻中則有「晦、月、朔、朏、望、碩」6 字有含有相關天文義實例。然而筆者必須指出某字未擁有「天文相關詞例」一事，並非是說明那個某字並沒有詞例資料，而是沒有天文相關詞例，這點從各節天文比例表可知，再者本章亦與第三章相同之處，是《說文》、出土文物、傳世文獻三者在天文字例上依然是《說文》最多 12 字，傳世文獻次之 6 字，最後是出土文物 5 字，其中霸字天文義詞例僅出現於出土文物中，而朏、碩兩字則是只見於傳世文獻裡。

　　藉由本章的說明，同時也可以發現第四章與第三章的不同，在出土、傳世擁有天文義的數量差異上，在天文比例上均是呈現了不太一樣的情形，可以說明各章擁有不同的特點。在這「數量差異」〔註 15〕和「天文比例」的兩點上，展開了對於字義本身的討論，因而看見了在出土、傳世詞例中字義的變化。

---

〔註15〕出土文物為「晦、月、朔、霸、望」5 字，傳世文獻為「晦、月、朔、朏、望、碩」6 字，兩者數量差異不多，並未如第三章，有著懸殊的差距。（此一點請思考本文共收 54 字，且第三章字為 20 字），因此必須理解這件事情代表著什麼意義。這也正是註腳 197 所言，因為《說文》中描述太陽相關義的字例，未如描寫月亮相關義的字例來得直接，因此產生兩者之間產生了些微變化，也就是引申、假借義的混入，導致第三章出土、傳世文獻資料有所差距。

# 第伍章　與星字有關字群之詞義演變析論

本章收錄《說文》星字相關字例有物、歲、晉、畢、杓、棓、孛、昴、晶、星、參、晨、姓、罕、彴、涒、媊、婺、氐、斗、魁、辰，共22字，其中《說文》「晶」部字僅4字，其餘諸字皆散落在各部之中。由此可見與前幾章收錄字數、日月星各部佔字數，可得到以下幾項訊息，其一、本章為三章中，收字最多者，其二、乃是星部佔字比最少者，同時這也反映了一件事情，即各章中均有可代表的部首，然而在第五章與星字有關字群時，則未能有一個或是特定數個部首能夠足以代表此章的主要討論「範圍」〔註1〕。然而造成這種現象的原因，則詳待結論時，一併說明。

## 第一節　出土文物中的詞義

出土文物詞例中，已知存有天文義的字，有「歲、畢、星、參、涒、婺、氐、斗、魁、辰」共10字，現將資料陳列於下，並附加說明：

---

〔註1〕即以特定部首為限定範圍，進而便於理解某部為此章之核心部首。

表 5-1-1：與星字相關天文詞例見於出土文物一覽表

| 排序 | 字例 | 出土文物 | 詞例 | 說明 |
|---|---|---|---|---|
| 1 | 物 | | | |
| 2 | 歲 | 伽夫人孁鼎（春秋晚） | 戲（歲）才（在）歕（涒）臂（灘） | 在出土文物中，歲字用於天文僅作為歲星使用，即今日所稱木星。 |
| | | 九店 M56（戰國中、晚期） | 大（太）歲（77） | |
| | | 楚帛書‧乙（戰國中、晚期） | 孛歲八月（2‧30） | |
| | | 睡虎地‧日書甲（戰國晚） | 歲在東方（64 壹）、歲在西方（75 貳）、歲在北方（77 貳）、其歲或弗食（152 背） | |
| | | 睡虎地‧日書乙（戰國晚） | 歲或弗食（49 貳）、凡及歲皆在南方（183）、中歲在西（184） | |
| | | 關沮‧日書（秦） | 陽（殤）主歲，歲在中（297 壹）、築（築）囚、行、炊主歲，歲為下（299 壹）、歲為上（302 壹） | |
| | | 馬王堆‧天文雲氣雜占（漢） | 歲食（A50） | |
| | | 馬王堆‧五星占（漢） | 歲十二者天幹也（7） | |
| 3 | 晉 | | | |
| 4 | 畢 | 曾侯乙墓漆箱蓋（戰國早） | 畢 | 畢字此處均是指星名，是為 28 星宿之一的畢宿。 |
| | | 睡虎地‧日書甲（戰國晚） | 玄戈轂（繫）畢（54） | |
| | | 睡虎地‧日書乙（戰國晚） | 畢，以邋（獵）置罔（網）及為門（86） | |
| | | 關沮‧日書（秦） | 四月，畢（149）、斗乘畢（167）、畢（223） | |
| | | 馬王堆‧陰陽五行甲（漢） | 畢有得（94）、在房畢吉（101） | |
| | | 馬王堆‧五星占（漢） | 營室角畢箕（49） | |
| 5 | 杓 | | | |
| 6 | 棓 | | | |
| 7 | 孛 | | | |
| 8 | 昴 | | | |

| 9 | 晶 | | | |
|---|---|---|---|---|
| 10 | 星 | 曾侯乙墓漆箱蓋（戰國早） | 七星 | 星字，在出土文物中並未作為某一固定星名，而是可以作為指稱任一顆星星，亦即對於不特定的星使用。惟為表達某一特定星名，則會與他字連用，藉以專指並加強欲說明之「星體」〔註2〕義。 |
| | | 九店 M56（戰國中、晚期） | 乙星才（在）（79） | |
| | | 楚帛書・乙（戰國中、晚期） | 日月星辰（1・21）、星辰不同（7・22） | |
| | | 睡虎地・日書甲（戰國晚） | 玄戈縠（繫）七星（52 壹）、五月，東井、七星大凶（54 壹）、柳、七星大吉（57 壹）、星之門也（132）<br>日書乙：午在七星（41 貳）、七星，百事兇（凶）（92）、七月七星廿八日（95 肆） | |
| | | 關沮・日書（秦） | 七星（131 貳） | |
| | | 關沮・病方及其他（秦） | 明星，北斗長史（366） | |
| | | 馬王堆・52 病方（漢） | 如篲（彗）星（53）、為之恆以星出時為之（219）、毋見星月一月（319） | |
| | | 馬王堆・陰陽五行甲（漢） | 兒星參（110） | |
| | | 馬王堆・養生方（漢） | 敢告東君明星（191） | |
| | | 馬王堆・出行占（漢） | 星門也（20） | |
| | | 馬王堆・五星占（漢） | 其本有星（12）、客星白澤（30） | |
| 11 | 參 | 曾侯乙墓漆箱蓋（戰國早） | 參 | 此處參字均做星名，乃是 28 星宿之一，參宿之稱。 |
| | | 睡虎地・日書甲（戰國晚） | 直參以出女，室必盡（2 背貳）、中下參、東井（5 背貳）、凡參、翼、軫以出女（6 背貳）、胃、參致死（54 壹）、八月，角、胃、參大凶（57 壹） | |
| | | 睡虎地・日書乙（戰國晚） | 參，百事吉（88 壹） | |
| | | 關沮・日書（秦） | 參（151）、參（164） | |

〔註2〕由於表達的星星有時並非僅止一顆，而是群星，如七星即北斗七星。因此此處暫以星體兩字說明。

| | | | | |
|---|---|---|---|---|
| | | 馬王堆・陰陽五行甲（漢） | 兕星參（110）、此觽參勺（193） | |
| | | 馬王堆・五星占（漢） | 夾如參（25） | |
| 12 | 晨 | | | |
| 13 | 姓 | | | |
| 14 | 罩 | | | |
| 15 | 彴 | | | |
| 16 | 涒 | 䣄夫人鴞鼎（春秋晚） | 隹（唯）正月初吉，戠（歲）才（在）歔（涒）臡（灘） | 「涒灘」兩字，指的是木星即歲星運行到一個固定位置的名稱。 |
| 17 | 媊 | | | |
| 18 | 嫠 | 曾侯乙墓漆箱蓋（戰國早） | （嫠？）女 | 「嫠女」一詞是為星名。 |
| | | 睡虎地・日書乙（戰國晚） | 嫠女（105） | |
| | | 關沮・日書（秦） | 嫠＝（嫠女）（140）、嫠＝（嫠女）（173）、嫠＝（嫠女）：斗乘嫠＝（嫠女）（205） | |
| | | 馬王堆・刑德乙（漢） | 嫠女（96） | |
| 19 | 氐 | 曾侯乙墓漆箱蓋（戰國早） | 氐 | 氐在此處均作為星名使用，視為28星宿之一，氐宿。 |
| | | 睡虎地・日書甲（戰國晚） | 九月氐（1） | |
| | | 睡虎地・日書乙（戰國晚） | 氐，祠及行、出入（98） | |
| | | 馬王堆・五星占（漢） | 與氐晨出東方（111） | |
| 20 | 斗 | 曾侯乙墓漆箱蓋（戰國早） | 斗 | 出土文物中，斗字作為天文義使用均是作為28宿中的斗宿使用。 |
| | | 睡虎地・日書甲（戰國晚） | 十一月斗（1）、中東竹（箕）、斗，以娶妻，棄。（5背）斗、牽牛大吉（52）、斗、牽牛少吉（55）、斗、牽牛致死（58）、斗，利祠及行賈、賈市（75） | |
| | | 睡虎地・日書乙（戰國晚） | 十二月斗廿一日（100）、斗，利祠及行賈、賈市（103） | |

| | | | | |
|---|---|---|---|---|
| | | 關沮‧日書（秦） | 十一月斗（138）、角：斗乘角（187）、斗乘亢（189）、箕：斗乘箕（199）、斗：斗乘斗（201）、牽牛：斗乘牽牛（203）、婺女：斗乘婺女（205）、斗乘虛（207）、胃：斗乘胃（219）、卯（昴）：斗乘卯（昴）（221）、畢：斗乘畢（223）、此（觜）嶲：斗乘此（觜）嶲（225）、斗乘東井（229）、翼：斗乘翼（239）、軫：斗乘軫（241） | |
| | | 馬王堆‧陰陽五行甲（漢） | 星斗縈牛熒室畢（103） | |
| | | 馬王堆‧繫辭（漢） | 營辰之斗也（13） | |
| 21 | 魁 | 馬王堆‧出行占（漢） | 九魁（9） | 「九魁」兩字，是為星名，指的是北斗第九顆星。 |
| 22 | 辰 | 高卣（西周早） | 隹（唯）十又二月，王初饗旁，╱唯還在周，辰才（在）庚申， | 辰字天文義，實難以說明，僅知其一義為星名，另一義為星體總稱。詳參傳世文獻辰字說明。 |
| | | 庚姬卣／商卣（西周早） | 隹（唯）五月，辰才（在）丁╱亥〔蓋內〕隹（唯）五月，辰才（在）丁亥〔器內底〕 | |
| | | 庚姬尊／商尊（西周早） | 隹（唯）五月，辰才（在）丁亥， | |
| | | 庚嬴卣（西周早） | 隹（唯）王十月既朢（望），辰╱才（在）己丑，〔蓋內〕隹（唯）王十月既朢（望），辰才（在）己丑，〔器內壁〕 | |
| | | 耳尊（西周早） | 隹（唯）六月初吉，辰才（在）辛╱卯 | |
| | | 宜侯夨簋（西周早） | 隹（唯）四月，辰才（在）丁未 | |
| | | 旂鼎（西周早） | 唯八月初吉，╱辰才（在）乙卯 | |
| | | 歸奻鼎（西周早） | 隹（唯）八月，辰才（在）乙亥〔陝西省長安縣灃東斗門鎮花園村 15 號墓（M15：0.4）〕隹（唯）八月，辰才（在）乙亥〔陝西省長安縣灃東斗門鎮花園村 17 號墓（M17：35）〕 | |
| | | 胙伯簋（西周早） | 隹（唯）八月辰才（在）庚申 | |
| | | 小盂鼎（西周早） | 隹（唯）八月既朢（望），辰在甲申 | |
| | | 夨令尊（西周早） | 隹（唯）八月，辰才（在）甲申， | |

| 器名 | 銘文 |
| --- | --- |
| 矢令方彝（西周早） | 隹（唯）八月，辰才（在）甲申〔蓋內〕隹（唯）八月，辰才（在）甲申〔器內壁〕 |
| 盠尊／盠駒尊（西周中） | 隹（唯）王十又二月，辰才（在）甲申 |
| 室叔簋（西周中） | 唯王五月辰才（在）丙／戌， |
| 尸伯簋／夷伯簋（西周中） | 隹（唯）王征（正）月初吉，辰／才（在）壬寅，〔蓋內〕隹（唯）王征（正）月初吉，辰／才（在）壬寅，〔器內底〕 |
| 辰在寅簋（西周中） | 隹（唯）七月既生／霸，辰才（在）寅 |
| 伯中父簋（西周中） | 隹（唯）五月，辰才（在）壬寅 |
| 呂鼎（西周中） | 唯五月既死霸，辰才（在）／壬戌 |
| 刺鼎／刺作黃公鼎（西周中） | 唯五月王才（在）衣，辰才（在）丁／卯 |
| 善鼎／宗室鼎（西周中） | 唯十又一月初吉，辰才（在）丁亥 |
| 智鼎（西周中） | 隹（唯）王四月既眚（生）霸，辰才（在）丁酉， |
| 師𩵋鼎（西周中） | 唯王八祀正月，辰才（在）丁卯 |
| 彔伯𣄰簋蓋（西周中） | 隹（唯）王正月，辰才（在）庚寅 |
| 豆閉簋（西周中） | 唯王二月既眚（生）霸，辰才（在）戊寅 |
| 龕卣（西周中） | 隹（唯）王九月，辰才（在）己亥〔蓋內〕隹（唯）王九月，辰才（在）己亥〔器內底〕 |
| 縣改簋（西周中） | 隹（唯）十又二月既望（望），辰才（在）壬午 |
| 伯晨鼎（西周中晚） | 隹（唯）王八月，辰才（在）／丙午 |
| 散氏盤（西周晚） | 唯王九月，辰才（在）乙卯， |
| 虢簋（西周晚） | 唯王正月，辰才（在）甲午〔蓋內〕唯王正月，辰才（在）甲午〔器內底〕 |
| 邾公孫班鎛（春秋晚） | 隹（唯）王正月，辰在丁亥， |

| | | |
|---|---|---|
| | 邾公牼鐘（春秋晚） | 隹（唯）王正月初吉，辰才（在）乙亥 |
| | 叔尸鐘（春秋晚） | 隹（唯）王五月，辰才（在）/戊寅 |
| | 節可忌豆（戰國） | 隹（唯）王正九月，辰/在丁亥 |
| | 楚帛書·乙（戰國中、晚期） | 日月星唇（辰）（1·23）、星辰不同（7·27） |
| | 睡虎地·日書甲（戰國晚） | 弦望及五辰不可以興樂□（27 貳）、招（招）搖（搖）觳（繫）辰（50 壹）、辰，盜者男子，青赤色，為人不觳（穀）（73 背）、冬三月，啻（帝）為室辰（99 壹）以甲子、寅、辰東徙，死。丙子、寅、辰南徙，死。庚子、寅、辰西徙，死。壬子、寅、辰北徙，死。（126 背）九月辰（131 背）、毋以丁庚東北行，辰之門也（132）、十二月辰（132 背）辰，北吉，南得，東西凶（136 貳）、秋三月辰敫（138 柒） |
| | 睡虎地·日書乙（戰國晚） | 食時辰（156）、辰以東吉（165） |
| | 馬王堆·出行占（漢） | 辰東南有得西毋行北凶（28） |
| | 馬王堆·經法（漢） | 日月星辰之期（43） |
| | 馬王堆·要（漢） | 而不可以日月生（星）辰盡稱也（21） |
| | 馬王堆·二三子問（漢） | 高尚齊虖（乎）星辰日月而不眺（1） |

　　經由上方表格說明欄，可以知道擁有天文義詞例的字，多數均是作為星名使用，因此大多單字就可表義，接下來可以將表格整理成數據，並計算出各字天文義占整體義比例，藉此呈現天文義的使用頻率。

表 5-1-2：出土文物與星字相關天文詞例比例表

| 字例 | 天文者數量 | 總　　數 | 比例〔註3〕 |
|---|---|---|---|
| 物 | 0 | 67 | 0% |
| 歲 | 17 | 290 | 5.86% |

---

〔註3〕取至小數點後第二位

| | | | |
|---|---|---|---|
| 嘗 | 0 | 0 | 0% |
| 畢 | 9 | 56 | 16.07% |
| 杓 | 0 | 1 | 0% |
| 棓 | 0 | 0 | 0% |
| 孛 | 0 | 3 | 0% |
| 昴 | 0 | 1 | 0% |
| 晶 | 0 | 1 | 0% |
| 星 | 21 | 25 | 84.00% |
| 參 | 12 | 80 | 15.00% |
| 晨 | 0 | 1 | 0% |
| 姓 | 0 | 0 | 0% |
| 罕 | 0 | 1 | 0% |
| 伆 | 0 | 0 | 0% |
| 汨 | 1 | 1 | 100.00% |
| 嫡 | 0 | 0 | 0% |
| 婺 | 7 | 8 | 87.50% |
| 氐 | 4 | 14 | 28.57% |
| 斗 | 28 | 159 | 17.61% |
| 魁 | 1 | 1 | 100.00% |
| 辰 | 61 | 361 | 16.90% |

　　透過上表中數據可以看見，比例相差懸殊，造成這種結果的原因，正如第三章曾提及的抽樣數不足造成，也就是總數欄數量偏低的影響，因此產生極高的比例，也直接導致統計上的可信度降低。除去這些比例較高且「總數偏低」〔註4〕的數據，並歸納資料可以發現多數落在 10～20% 之間，由此可知天文義在與星相關字群中並未有較高的比例，且多數詞義並非天文義。

## 第二節　傳世文獻中的詞義

　　與星相關字群 22 字中，出現在傳世文獻詞例中並含有天文義者，是為「歲、畢、孛、昴、星、參、伆、汨、婺、氐、斗、辰」，共 12 字。詳細詞例資料如下：

〔註4〕意指出現總數低於 10 條者。

表 5-2-1：與星字相關天文詞例見於傳世文獻一覽表

| 排序 | 字例 | 文獻 | 詞　例 | 說　明 |
|---|---|---|---|---|
| 1 | 物 | | | |
| 2 | 歲 | 左傳·襄公傳 28 年 | 今茲宋鄭其饑乎。歲在星紀。而淫於玄枵。 | 與出土文物歲字天文義相同，均做為歲星。 |
| | | 左傳·襄公傳 30 年 | 子羽曰。其莠猶在乎。於是歲在降婁。……歲不及此次也已。及其亡也。歲在娵訾之口。其明年。乃及降婁。 | |
| | | 左傳·昭公傳 8 年 | 歲在鶉火。是以卒滅。 | |
| | | 左傳·昭公傳 9 年 | 故曰五年。歲五及鶉火。而後陳卒亡。 | |
| | | 左傳·昭公傳 10 年 | 今茲歲在顓頊之虛。 | |
| | | 左傳·昭公傳 11 年 | 歲在豕韋。弗過此矣。……楚將有之然雍也。歲及大梁。蔡復楚凶。天之道也。 | |
| | | 左傳·昭公傳 32 年 | 越得歲而吳伐之。必受其凶。……閔閔焉如農夫之望歲。懼以待時。 | |
| | | 左傳·哀公傳 16 年 | 國人望君。如望歲焉。 | |
| | | 爾雅·釋天 | 大歲在甲曰閼逢。……在癸曰昭陽。歲陽。……大歲在寅曰攝提格 | |
| 3 | 晵 | | | |
| 4 | 畢 | 毛詩·小雅·谷風之什·大東 | 東有啟明。西有長庚。有捄天畢。載施之行。 | 畢字天文義多數與出土文物一致，均是畢宿。惟爾雅一例是為月亮在天空中某一位置時的特有名稱。 |
| | | 毛詩·小雅·魚藻之什·漸漸之石 | 月離于畢。俾滂沱矣。武人東征。不皇他矣。 | |
| | | 禮記·月令 | 孟夏之月。日在畢。昏翼中。……孟秋之月。日在翼。昏建星中。旦畢中。 | |
| | | 爾雅·釋天 | 月在甲曰畢。在乙曰橘。……濁謂之畢。 | |
| 5 | 杓 | | | |
| 6 | 梧 | | | |
| 7 | 孛 | 左傳·文公經 14 年 | 秋。七月。有星孛入于北斗。 | 孛字天文義是為彗星一義。 |

| | | 左傳・文公傳 14 年 | 有星孛入于北斗。 | |
|---|---|---|---|---|
| | | 左傳・昭公經 17 年 | 冬。有星孛于大辰。 | |
| | | 左傳・昭公傳 17 年 | 冬。有星孛于大辰。……星孛天漢。漢。水祥也。 | |
| | | 左傳・哀公經 13 年 | 冬。十有一月。有星孛于東方。 | |
| | | 左傳・哀公經 14 年 | 有星孛。 | |
| | | 公羊傳・文公 14 年 | 秋。七月。有星孛入于北斗。孛者何。彗星也。 | |
| | | 公羊傳・昭公 17 年 | 冬。有星孛于大辰。孛者何。彗星也。 | |
| | | 公羊傳・哀公 13 年 | 冬。十有一月。有星孛于東方。孛者何。彗星也。 | |
| | | 穀梁傳・文公 14 年 | 秋。七月。有星孛入于北斗。 | |
| | | 穀梁傳・昭公 17 年 | 冬。有星孛于大辰。 | |
| | | 穀梁傳・哀公 13 年 | 十有一月。有星孛于東方。 | |
| 8 | 昴 | 尚書・虞書・堯典 | 平在朔易。日短星昴。以正仲冬。 | 傳世文獻中，昴字以星名作為天文義使用，為 28 宿之一，昴宿之稱。 |
| | | 毛詩・召南・小星 | 嘒彼小星。維參與昴 | |
| | | 爾雅・釋天 | 大梁。昴也。西陸。昴也。 | |
| 9 | 晶 | | | |
| 10 | 星 | 尚書・虞書・堯典 | 乃命羲和。欽若昊天。曆象日月星辰。敬授人時。……平秩東作。日中星鳥。以殷仲春。……平秩南訛。敬致。日永星火。以正仲夏。……平秩西成。宵中星虛。以殷仲秋。……平在朔易。日短星昴。以正仲冬。 | 星字使用為天文者與出土文物部分說明無別，均是無特定某一星名使用。 |
| | | 尚書・虞書・益稷 | 予欲觀古人之象。日。月。星。辰。山。龍。華蟲。作會。 | |
| | | 尚書・周書・洪範 | 五紀。一曰歲。二曰月。三曰日。四曰星辰。五曰曆數。……俊民用微。家用不寧。庶民惟星。星有好風。星有好雨。日月之行。則有冬有夏。月之從星。則以風雨。 | |

| 毛詩‧召南‧小星 | 小星。惠及下也。……嘒彼小星。三五在東。……嘒彼小星。維參與昴。 |
|---|---|
| 毛詩‧衛風‧淇奧 | 充耳琇瑩。會弁如星。 |
| 毛詩‧鄭風‧女曰雞鳴 | 子興視夜。明星有爛。 |
| 毛詩‧唐風‧綢繆 | 綢繆束薪。三星在天。……綢繆束芻。三星在隅。……綢繆束楚。三星在戶。 |
| 毛詩‧陳風‧東門之楊 | 昏以為期。明星煌煌。……昏以為期。明星晢晢。 |
| 毛詩‧小雅‧魚藻之什‧苕之華 | 牂羊墳首。三星在罶。 |
| 毛詩‧大雅‧蕩之什‧雲漢 | 瞻卬昊天。有嘒其星。 |
| 毛詩‧周頌‧閔予小子之什‧絲衣 | 高子曰。靈星之尸也。 |
| 周禮‧大宗伯 | 以實柴祀日月星辰。 |
| 周禮‧典瑞 | 圭璧以祀日月星辰。 |
| 周禮‧占夢 | 觀天地之會。辨陰陽之氣。以日月星辰占六夢之吉凶。 |
| 周禮‧馮相氏 | 二十有八星之位。 |
| 周禮‧保章氏 | 保章氏掌天星以志星辰日月之變動。……以星土辨九州之地所封。封域皆有分星。以觀妖祥。 |
| 周禮‧司寤氏 | 司寤氏掌夜時。以星分夜。 |
| 周禮‧晢蔟氏 | 二十有八星之號。 |
| 周禮‧輈人 | 蓋弓二十有八。以象星也。 |
| 周禮‧玉人 | 圭璧五寸。以祀日月星辰。 |
| 周禮‧匠人 | 晝參諸日中之景。夜考之極星。以正朝夕。 |
| 禮記‧月令 | 司天日月星辰之行。……仲春之月。日在奎。昏弧中。旦建星中。……季春之月。日在胃。昏七星中。……孟秋之月。日在翼。昏建星中。……孟冬之月。日在尾。昏危中。旦七星中。……日窮于次。月窮于紀。星回于天。數將幾終。歲且更始。 |
| 禮記‧曾子問 | 見星而行者。唯罪人與奔父母之喪者乎。日有食之。安知其不見星也。 |

| 禮記・禮運 | 故天秉陽。垂日星。……以四時為柄。以日星為紀。月以為量。鬼神以為徒。……以日星為紀。故事可列也。 |
|---|---|
| 禮記・樂記 | 動己而天地應焉。四時和焉。星辰理焉。萬物育焉。 |
| 禮記・祭法 | 幽宗。祭星也。雩宗。祭水旱也。……帝嚳能序星辰以著眾。堯能賞均刑法以義終。……及夫日月星辰。民所瞻仰也。 |
| 禮記・中庸 | 日月星辰繫焉。萬物覆焉。 |
| 禮記・奔喪 | 唯父母之喪。見星而行。見星而舍。 |
| 左傳・莊公經 7 年 | 夏。四月。辛卯。夜。恆星不見。夜中。星隕如雨。 |
| 左傳・莊公傳 7 年 | 夏。恆星不見。夜明也。星隕如雨。與雨偕也。 |
| 左傳・僖公傳 16 年 | 春。隕石于宋五。隕星也。 |
| 左傳・文公經 14 年 | 秋。七月。有星孛入于北斗。 |
| 左傳・文公傳 14 年 | 有星孛入于北斗。 |
| 左傳・成公傳 16 年 | 免使者而復鼓。旦而戰。見星未已。 |
| 左傳・襄公傳 9 年 | 晉侯曰。十二年矣。是謂一終。一星終也。 |
| 左傳・襄公傳 28 年 | 歲在星紀。而淫於玄枵。……龍。宋鄭之星也。 |
| 左傳・昭公傳 元年 | 遷閼伯于商丘。主辰。商人是因。故辰為商星。……故參為晉星。……日月星辰之神。則雪霜風雨之不時。於是乎禜之。……若君身。則亦出入飲食哀樂之事也。山川星辰之神。又何為焉。 |
| 左傳・昭公傳 7 年 | 公曰。何謂六物對曰。歲時日月星辰是謂也。 |
| 左傳・昭公傳 10 年 | 春。王正月。有星出于婺女。……姜氏任氏。實守其地。居其維首。而有妖星焉。告邑姜也。……戊子。逢公以登星斯於是乎出。吾是以譏之。 |
| 左傳・昭公經 17 年 | 冬。有星孛于大辰。 |

| | | | | |
|---|---|---|---|---|
| | | 左傳・昭公傳 17 年 | 冬。有星孛于大辰。……星孛天漢。漢。水祥也。衞。顓頊之虛也。故為帝丘。其星為大水。水火之牡也。 | |
| | | 左傳・昭公傳 26 年 | 齊有彗星。齊侯使禳之。 | |
| | | 左傳・哀公經 13 年 | 冬。十有一月。有星孛于東方。 | |
| | | 左傳・哀公經 14 年 | 有星孛。 | |
| | | 公羊傳・莊公 7 年 | 夏。四月。辛卯。夜。恆星不見。夜中。星霣如雨。恆星者何。列星也。列星不見。何以知夜之中星反也。……不脩春秋曰。雨星不及地尺而復。君子脩之曰。星霣如雨。 | |
| | | 公羊傳・文公 14 年 | 秋。七月。有星孛入于北斗。孛者何。彗星也。 | |
| | | 公羊傳・昭公 17 年 | 冬。有星孛于大辰。孛者何。彗星也。 | |
| | | 公羊傳・哀公 13 年 | 冬。十有一月。有星孛于東方。孛者何。彗星也。 | |
| | | 穀梁傳・莊公 7 年 | 夏。四月。辛卯。昔。恒星不見。夜中星隕如雨。恒星者。經星也。日入至於星。出謂之昔。不見者。可以見也。夜中星隕如雨。其隕也如雨。……其不曰恒星之隕。何也。我知恒星之不見。而不知其隕也。 | |
| | | 穀梁傳・文公 14 年 | 秋。七月。有星孛入于北斗。 | |
| | | 穀梁傳・昭公 17 年 | 冬。有星孛于大辰。 | |
| | | 穀梁傳・哀公 13 年 | 冬。十有一月。有星孛于東方。 | |
| | | 論語・為政 | 為政以德。譬如北辰。居其所。而眾星共之。 | |
| | | 爾雅・釋天 | 壽星。角亢也。……星紀。斗牽牛也。……明星謂之启明。……彗星為欃槍。奔星為彴約。星名。……祭星曰布。 | |
| | | 孟子・離婁下 | 天之高也。星辰之遠也。 | |
| 11 | 參 | 毛詩・召南・小星 | 嘒彼小星。維參與昴。 | 傳世文獻中的參字作為天文義使用，與出土文物參字說明相同均為參宿。 |
| | | 禮記・月令 | 孟春之月。日在營室。昏參中。 | |

| | | | | |
|---|---|---|---|---|
| | | 昭公傳元年 | 遷實沈于大夏。主參。……故參為晉星。由是觀之。則實沈。參神也。 | |
| | | 左傳・昭公傳 15 年 | 武所以克商也。唐叔受之。以處參虛。匡有戎狄。 | |
| 12 | 晨 | | | |
| 13 | 姓 | | | |
| 14 | 罬 | | | |
| 15 | 仢 杓 | 爾雅・釋天 | 奔星為仢約。星名。 | 仢、杓二字，在《說文》段注中有所提及，「釋天曰奔星爲仢約，舊作杓約。佩觿辨證曰字从人，不从彳，或云許本作仢約也，……」〔註 5〕，由此可見仢、杓二字在《爾雅》中並無區分。仢字僅見於《爾雅》一例，而其天文義「杓約」兩字，《爾雅》已說明是為星名。 |
| 16 | 涒 | 爾雅・釋天 | 在申曰涒灘。 | 涒灘一詞與出土文物相同均是說明歲星運行到某個固定的位置。 |
| 17 | 嬬 | | | |
| 18 | 婺 | 禮記・月令 | 孟夏之月。日在畢。昏翼中。旦婺女中。……季冬之月。日在婺女。 | 婺字與出土文物說明一致均是做為星名使用。 |
| | | 左傳・昭公傳 10 年 | 春。王正月。有星出于婺女。 | |
| 19 | 氐 | 禮記・月令 | 季冬之月。日在婺女。昏婁中。旦氐中。 | 與上一節出土文物氐字詞例說明一樣，均為氐宿。 |
| | | 爾雅・釋天 | 天根。氐也。 | |
| 20 | 斗 | 周易・豐 | 六二。豐其蔀。日中見斗。往得疑疾。……九四。豐其蔀。日中見斗。遇其夷主。……象曰。豐其蔀。位不當也。日中見斗。幽不明也。 | 斗字此處多數做為北斗使用是為星名，表達為北斗七星，與出土文物並 |

---

〔註 5〕〔漢〕許慎，〔清〕段玉裁注：《說文解字注》（上海：上海古籍出版社，1981 年），頁 372。

| | | | | |
|---|---|---|---|---|
| | | 毛詩・小雅・谷風之什・大東 | 維北有斗。不可以挹酒漿。……維北有斗。西柄之揭。 | 不相同。惟爾雅說法與出土文物相同為斗宿。 |
| | | 禮記・月令 | 仲冬之月。日在斗。 | |
| | | 左傳・文公經14年 | 秋。七月。有星孛入于北斗。 | |
| | | 左傳・文公傳14年 | 有星孛入于北斗。 | |
| | | 公羊傳・文公14年 | 秋。七月。有星孛入于北斗。……其言入于北斗何。北斗有中也。 | |
| | | 穀梁傳・文公14年 | 秋。七月。有星孛入于北斗。……其曰入北斗。斗有環域也。 | |
| | | 爾雅・釋天 | 箕斗之間漢津也。星紀。斗牽牛也。 | |
| 21 | 魁 | | | |
| 22 | 辰 | 尚書・虞書・堯典 | 乃命羲和。欽若昊天。曆象日月星辰。敬授人時。 | 可確定辰有表達為星體總稱之義，即星辰的用法。此外辰字亦可指為星名，卻無法明確指稱為哪一特定星名，乃是因為辰字雜揉過多星名而一時間難以釐清。辰字含有水星、房星、北極星（北辰）等多種星名用法，肇因於此實在難以分辨詞例中單獨使用辰字，是為指稱哪一顆星。 |
| | | 尚書・虞書・益稷 | 予欲觀古人之象。日。月。星。辰。山。龍。華蟲。作會。 | |
| | | 尚書・夏書・胤征 | 乃季秋月朔辰。弗集于房。 | |
| | | 尚書・周書・洪範 | 五紀。一曰歲。二曰月。三曰日。四曰星辰。 | |
| | | 周禮・大宗伯 | 以禋祀祀昊天上帝。以實柴祀日月星辰。 | |
| | | 周禮・典瑞 | 圭璧以祀日月星辰。 | |
| | | 周禮・占夢 | 以日月星辰占六夢之吉凶。 | |
| | | 周禮・馮相氏 | 十有二辰十日。 | |
| | | 周禮・保章氏 | 保章氏掌天星以志星辰日月之變動。 | |
| | | 周禮・家宗人 | 凡以神仕者。掌三辰之灋 | |
| | | 周禮・哲蔟氏 | 十有二辰之號。 | |
| | | 周禮・玉人 | 圭璧五寸。以祀日月星辰。 | |
| | | 禮記・月令 | 司天日月星辰之行。 | |
| | | 禮記・樂記 | 星辰理焉。萬物育焉。 | |
| | | 禮記・祭法 | 帝嚳能序星辰以著眾。……及夫日月星辰。 | |
| | | 禮記・中庸 | 日月星辰繫焉。萬物覆焉。 | |
| | | 左傳・桓公傳2年 | 三辰旂旗。昭其明也。 | |

| | | |
|---|---|---|
| 左傳·襄公傳 27 年 | 十一月。乙亥。朔。日有食之。辰在申。 | |
| 左傳·昭公傳 元年 | 遷閼伯于商丘。主辰。商人是因。故辰為商星。……日月星辰之神。則雪霜風雨之不時。於是乎禜之。……山川星辰之神。又何為焉。 | |
| 左傳·昭公傳 7 年 | 公曰。何謂六物對曰。歲時日月星辰是謂也。公曰。多語寡人辰。而莫同。何謂辰。對曰。日月之會是謂辰。 | |
| 左傳·昭公經 17 年 | 冬。有星孛于大辰。 | |
| 左傳·昭公傳 17 年 | 大史曰。在此月也。日過分而未至。三辰有災。……故夏書曰。辰不集于房。……冬。有星孛于大辰。……宋。大辰之虛也。 | |
| 左傳·昭公傳 31 年 | 日月在辰尾。庚午之日。日始有謫。 | |
| 左傳·昭公傳 32 年 | 對曰。物生有兩。有三有五。有陪貳。故天有三辰。地有五行。 | |
| 公羊傳·昭公 17 年 | 冬。有星孛于大辰。……其言于大辰何。在大辰也。大辰者何。大火也。大火也。大火為大辰。伐為大辰。北辰亦為大辰。何以書。記異也。 | |
| 穀梁傳·昭公 17 年 | 冬。有星孛于大辰。……曰有。于大辰者。濫于大辰也。 | |
| 論語·為政 | 子曰。為政以德。譬如北辰。居其所。而眾星共之。 | |
| 爾雅·釋天 | 大歲在寅曰攝提格。在卯曰單閼。在辰曰執徐。……大辰。房心尾也。大火謂之大辰。……北極謂之北辰。 | |
| 孟子·離婁下 | 天之高也。星辰之遠也。 | |

　　藉由上表資料中的 12 字，即「歲、畢、孛、昴、星、參、杓、汩、婺、氐、斗、辰」與上一節出土文物中所見含有天文義詞例的 10 字相比，可知此處較上節多了「孛、昴、杓」3 字，少了「魁」字。此外，在 12 字中唯有「杓」字是未見於出土文物中，「孛、昴」2 字雖然在出土文物裡已出現，但是並未作為天文義使用。再者，出土和傳世詞例資料所見 10 字與 12 字中，除了杓、汩、婺、魁等 4 字須與他字合用，構成詞組才能表達天文義，其餘諸字均可僅用單字就能作為天文義使用，惟孛字較為奇特，詞例中多可見與星字連用

成為「星孛」，其實單獨孛字即可作為天文義，也就是彗星義使用，而此處為何為星孛連用，筆者在此將其解釋成為加強孛之義，故連用之，但是礙於並非本文研究方向，且依舊未能有多餘心力加以收集、分析並驗證此項說法，因此僅能存疑，留待後人闡述並說明之。最後，如同上一節的作法，本節亦將上表詞例資料整理成表格，並加以分析，表列如下：

表 5-2-2：傳世文獻與星字相關天文詞例比例表

| 字例 | 天文者數量 | 總　　數 | 比例〔註6〕 |
|---|---|---|---|
| 物 | 0 | 601 | 0% |
| 歲 | 15 | 272 | 5.51% |
| 晉 | 0 | 0 | 0% |
| 畢 | 5 | 136 | 3.68% |
| 杓 | 0 | 1 | 0% |
| 棓 | 0 | 1 | 0% |
| 孛 | 16 | 17 | 94.12% |
| 昴 | 4 | 4 | 100.00% |
| 晶 | 0 | 0 | 0% |
| 星 | 115 | 116 | 99.14% |
| 參 | 6 | 113 | 5.31% |
| 晨 | 0 | 0 | 0% |
| 姓 | 0 | 0 | 0% |
| 罜 | 0 | 66 | 0% |
| 彴 | 1 | 1 | 100.00% |
| 涒 | 1 | 1 | 100.00% |
| 嫦 | 0 | 0 | 0% |
| 婺 | 3 | 3 | 100.00% |
| 氏 | 2 | 3 | 66.67% |
| 斗 | 16 | 29 | 55.17% |
| 魁 | 0 | 7 | 0% |
| 辰 | 51 | 271 | 18.82% |

　　將表格中總數與上一節中的出土文物比例表相互比較，可知道在傳世文獻總數上雖然有增加，但是仍然有一部分詞例不足，導致高比例的現象。但是在

〔註6〕取至小數點後第二位。

談及高比例時，則必須理解另有一類字義是僅作為天文義使用，因此在每個詞例中大多數是天文義，進而導致較高的天文比例，如星字即是此例。有關於出土文物與傳世文獻比例圖的比較則留待下一節時討論。

## 第三節　詞義演變探究

透過前兩節中出土文物、傳世文獻的比例圖，可看見與星相關字群在兩項資料中所佔天文比例，便於討論在出土或是傳世資料中的比例呈現，但是由於此種安排將出土、傳世分開說明，未能呈現同一字在出土、傳世文獻中的關係，因此本節仿照前兩章，將兩者呈現的比例圖合而為一，藉以理解各個字在兩者間的變化情形，並在最後比較兩項資料與《說文》說解間的關係。

表 5-3-1：出土文物及傳世文獻與星字相關天文比例總表

| 字例 | 傳世文獻比例（天文者數量／總數） | 出土文獻比例（天文者數量／總數） |
|---|---|---|
| 物 | 0%（0/601） | 0%（0/67） |
| 歲 | 5.51%（15/272） | 5.86%（17/290） |
| 晢 | 0%（0/0） | 0%（0/0） |
| 畢 | 3.68%（5/136） | 16.07%（9/56） |
| 杓 | 0%（0/1） | 0%（0/1） |
| 棓 | 0%（0/1） | 0%（0/0） |
| 孛 | 100.00%（17/17） | 0%（0/3） |
| 昴 | 100.00%（4/4） | 0%（0/1） |
| 晶 | 0%（0/0） | 0%（0/1） |
| 星 | 99.14%（115/116） | 84.00%（21/25） |
| 參 | 5.31%（6/113） | 15.00%（12/80） |
| 晨 | 0%（0/0） | 0%（0/1） |
| 姓 | 0%（0/0） | 0%（0/0） |
| 罕 | 0%（0/66） | 0%（0/1） |
| 仢 | 100.00%（1/1） | 0%（0/0） |
| 涒 | 100.00%（1/1） | 100.00%（1/1） |
| 嫡 | 0%（0/0） | 0%（0/0） |
| 婺 | 100.00%（3/3） | 87.50%（7/8） |
| 氐 | 66.67%（2/3） | 28.57%（4/14） |

| 斗 | 55.17%（16/29） | 17.61%（28/159） |
|---|---|---|
| 魁 | 0%（0/7） | 100.00%（1/1） |
| 辰 | 18.82%（51/271） | 16.90%（61/361） |

　　表格中可以看見在出土文物中可見的 10 字，在此處僅 5 字的比例是增加的，分別為「星、嵗、氐、斗、辰」，另有「畢、參、魁」3 字比例是減少的。如果是從傳世文獻 12 字來看，則有 7 字是增加比例，唯有「畢、參」兩字比例減少，「孛」字比例一樣，整體來看傳世文獻確實較出土文物比例更高。

表 5-3-2：《說文》星字相關字例與出土、傳世詞義比較表

| 字形 | 說文說解 | 出土文物 | 傳世文獻 |
|---|---|---|---|
| 嵗 | 木星也。越歷二十八宿，宣徧陰陽，十二月一次，從步戌聲。律厤書名五星為五步。 | 相同，均為嵗星，為木星。<br>此處與《說文》說解、第二章考釋本義相同均歸入高度相關。 | 同左。 |
| 畢〔註7〕 | 田罔也。從華，象畢形，微也。或曰由聲。（段：從田，從華象形，或曰田聲。） | 不同，與段注同，為星名，為 28 宿之畢宿。<br>此字為收入第二章 40 字之中，據此處理應歸入高度相關。 | 同左。 |
| 孛〔註8〕 | 𡗜也。從宋人，色也，從子。（段：𡗜字也。從宋從子，人色也，故從子。）論語曰色孛如也。是此。（段無是此二字） | 無<br>據此應歸入無關。 | 不同，為彗星義。<br>此字為收入第二章 40 字之中，據此處理應歸入高度相關。 |
| 昴 | 白虎宿星。從日卯聲。 | 無。<br>據此應歸入無關。 | 相同，為星名，是 28 宿昴宿專稱。<br>此字為收入第二章 40 字之中，據此處理應歸入高度相關。 |
| 星 | 萬物之精，上列爲星。從晶從生。一曰星，象形，（段：上爲列星。從晶從生聲。一曰象形，）從○，古○復注中，故與日同。 | 相似，星名，並非為固定星名，可為不特定的星體。<br>此處與《說文》說解、第二章考釋本義相同均歸入高度相關。 | 同左。 |

---

〔註7〕因為段注說解談及：「畢星主弋獵，故曰畢。」故收錄之。詳參〔漢〕許慎，〔清〕段玉裁注：《說文解字注》（上海：上海古籍出版社，1981 年），頁 158。

〔註8〕〔漢〕許慎，〔清〕段玉裁注：《說文解字注》：「春秋星孛入於北斗。」頁 273。

| | | | |
|---|---|---|---|
| 參 | 商星也。從晶從㐱聲。 | 相似，星名，為28宿之參宿。<br>此處與《說文》說解、第二章考釋本義相同均歸入高度相關。 | 同左。 |
| 仢 | 約也。(段注：釋天曰奔星爲仢約，舊作仢約。)從人勺聲。 | 無。<br>據此應歸入無關。 | 不同，與段注相同為奔星之稱，疑即流星，僅見爾雅一例。<br>此字為收入第二章 40 字之中，據此處理應歸入高度相關。 |
| 涒 | 食已復吐之。從水君聲。爾雅曰太歲在申曰涒灘。 | 相同，均指為太歲在申的位置。<br>此處與《說文》說解、第二章考釋本義相同均歸入中度相關。 | 同左。 |
| 婺<br>〔註9〕 | 不繇也。從女敄聲。 | 不同，與段注同，婺女為星名。<br>此字為收入第二章 40 字之中，據此處理應歸入高度相關。 | 同左。 |
| 氐<br>〔註10〕 | 至也、本也。從氏下箸一。一，地也。凡氏之屬皆從氏。 | 不同，為星名，是28宿氐宿也。<br>此字為收入第二章 40 字之中，據此處理應歸入高度相關。 | 同左。 |
| 斗<br>〔註11〕 | 十升也。象形，有柄，凡斗之屬皆從斗。 | 不同，是星名為28宿斗宿。<br>此字為收入第二章 40 字之中，據此理應歸入高度相關。 | 不同，為斗宿外，另有北斗七星的用法。<br>此字為收入第二章 40 字之中，據此處理應歸入高度相關。 |
| 魁<br>〔註12〕 | 羹斗也。從斗鬼聲。 | 不同，段注說解相似，魁為星名，位於北斗星末。<br>此字為收入第二章 40 字之中，據此處理應歸入高度相關。 | 無。<br>據此應歸入無關。 |

〔註9〕 〔漢〕許慎，〔清〕段玉裁注：《說文解字注》：「今此字無用者矣，惟婺女，星名。」頁 620。

〔註10〕 〔漢〕許慎，〔清〕段玉裁注：《說文解字注》：「韋曰天根，亢氐之閒。」頁 628。

〔註11〕 〔漢〕許慎，〔清〕段玉裁注：《說文解字注》：「斗有柄者，蓋象北斗。」頁 717。

〔註12〕 〔漢〕許慎，〔清〕段玉裁注：《說文解字注》：「北斗七星，魁方杓曲，魁象首，杓象柄也。」頁 718。

| 辰〔註13〕 | 震也。三月陽气動，雷電振，民農時也，物皆生。從乙匕象芒達，（段：从乙匕，匕象芒達。）厂聲也。辰，房星，天時也。從二，二古文上也。凡辰之屬皆從辰。 | 不同，段注說解相似，一為星體總稱，一為星名，隨時代不同，則所代表的星體亦不同。此字為收入第二章 40 字之中，據此處理應歸入高度相關。 | 同左。 |
|---|---|---|---|

　　根據表格可知多數字均與《說文》說解或段注說解相似，唯「孛、氐、斗」3 字，雖然與兩者皆不同，但是都可從段注說明中理解與天文相關，且約略可知分別為彗星和星名。再者，表格中「斗」字，在出土與傳世文獻兩項資料中，斗做為天文義的使用，明顯有所不同，乃是因為兩種文獻對於斗字的著重不同，出土文物重視的是 28 宿的斗，即南斗；傳世文獻的是北斗，因此造成兩種文獻中雖然同時都是做為天文義使用，卻是不同的意義，這種情形正有如第四章曾提及的義的變化，再者分析《說文》、傳世文獻、出土文物在天文字例上的情況，則會發現與前兩章無差別均是《說文》22 字，傳世文獻 12 字，出土文物 10 字，亦是《說文》最多、文獻次之、文物最少。此外，在於本章收錄的 22 字中亦藏有與上述「義的變化」相似的另一種情況，只是這次是將原本三個字的字義壓縮進兩個字中，《說文》中收錄有「晨、晨、辰」3 字，分屬晨、晶、辰三部，然而到了現行的楷書卻僅存「晨、辰」兩字。

　　𦥑，早昧爽也。〔註14〕

　　𧲣，房星，為民田時者。〔註15〕

　　𨑃，震也。三月陽气動，雷電振，民農時也，物皆生。……辰，房星，天時也。〔註16〕

　　若以引文中 3 字字義，找尋較可能為楷書中晨〔註17〕、辰兩字哪一個字時，則會發現許多問題，問題在於辰字與楷書辰字可以連結，但是晨字亦有「為民

---

〔註13〕須注意說文中有「晨、晨、辰」3 個字，然而文字編卻只有「晨」字與「辰」字。
〔註14〕〔漢〕許慎，〔清〕段玉裁注：《說文解字注》，頁 105。
〔註15〕〔漢〕許慎，〔清〕段玉裁注：《說文解字注》，頁 313。
〔註16〕〔漢〕許慎，〔清〕段玉裁注：《說文解字注》，頁 745。
〔註17〕晨字字義較接近為時刻意，可推定為楷書晨字。

田時者」之義與辰字「天時」相符，再者，無論楷書中的晨或是辰，均未有可表達為房星之義，而引文中晨、辰卻明確提及房星，綜上所述，筆者認為《說文》「晨」字，實際上拆成了晨與辰字義，其中辰字占較多部分，隨著楷書的使用，晨字則逐漸消失。

在此章中，可發現與星字群相關諸字的出土、傳世詞例說明與第四章相似，均是「指稱」〔註18〕星體本身，另外卻又與其他章不同，出現了更多的比例下降的情形，這是因為常用義的轉變，引申、假借義增加了，導致天文義的使用比例相對下降。

〔註18〕指針對「星名」即星本身，並非描述其狀態之類的。

# 第陸章　結　論

　　本文整理《說文》中的天文用字，並透過這些字例，依序探求其本義、引申義等意涵，第二章藉由《說文》及古文字字形考釋字義，三、四、五章從傳世及出土文獻，找到天文義的詞例，並歸納數據加以統整、分析、製成表格。但是上述三、四、五章，分別依照日、月、星等主題各別說明，缺乏三者的比較與統整；加上，結論本身即是一種「總結前章，開啟後章」[註1]的寫作模式，因此本章將分成兩個部分說明，一是研究成果概述；二是未來展望。

## 第一節　研究成果概述

　　關於研究成果，筆者想分為兩方面說明，一部分是比例表格方面，也就是前文重點提及的比例圖，其次是從本文收字方面著手，藉由所蒐集的近一萬三千筆，實際收錄七千六百多筆的詞例資料，窺探何義為各天文用字最常使用義項，並藉此以重新建構那些在三、四、五章未能被提及的未有天文用例的諸字字義。

─────────────

〔註1〕此處所謂開啟後章，指的是從本章開始，本章既是結論，但也是緒論，是下一個《說文》天文學討論的跳板，本文並不認為結論即是結論，反倒是說明了更多的契機，更多的可能性，因此才稱為「開啟」，也就是未來展望。最後，也請容我贅述，「本文絕不會是最後一篇討論《說文》天文的篇章」。

## 一、就比例表格方面

正如本章開頭所言，本文缺乏一個可以結合日、月、星各章比較討論的章節，因此在這一個面向中，將全部比例圖彙整成下表，以供進行全部天文用字之比例探討。

表 6-1-1-1：《說文》天文用字比例總表

| 字例 | 傳世文獻（天文者數量／總數） | 出土文獻（天文者數量／總數） |
|---|---|---|
| 示 | 0%（0/135） | 0%（0/18） |
| 祡 | 0%（0/10） | 0%（0/1） |
| 物 | 0%（0/601） | 0%（0/67） |
| 歲 | 5.51%（15/272） | 5.86%（17/290） |
| 替 | 0%（0/0） | 0%（0/0） |
| 烏 | 0%（0/31） | 0%（0/42） |
| 畢 | 3.68%（5/136） | 16.07%（9/56） |
| 艫 | 14.29%（1/7） | 15.38%（2/13） |
| 槫 | 0%（0/0） | 0%（0/0） |
| 杲 | 0%（0/2） | 0%（0/1） |
| 杳 | 0%（0/0） | 0%（0/1） |
| 杓 | 0%（0/1） | 0%（0/1） |
| 棓 | 0%（0/1） | 0%（0/0） |
| 東 | 0%（0/1129） | 1.12%（3/267） |
| 叒 | 0%（0/0） | 0%（0/0） |
| 孛 | 94.12%（16/17） | 0%（0/3） |
| 日 | 26.14%（368/1408） | 5.49%（49/892） |
| 旭 | 33.33%（1/3） | 0%（0/0） |
| 暘 | 33.33%（1/3） | 0%（0/1） |
| 啟 | 0%（0/0） | 0%（0/0） |
| 暍 | 0%（0/0） | 0%（0/1） |
| 晛 | 100%（2/2） | 0%（0/0） |
| 暜 | 0%（0/0） | 0%（0/0） |
| 暈 | 0%（0/6） | 0%（0/0） |
| 晵 | 100%（4/4） | 0%（0/10） |
| 晦 | 45.00%（18/40） | 35.29%（6/17） |
| 昴 | 100.00%（4/4） | 0%（0/1） |

| | | |
|---|---|---|
| 曁 | 0%（0/50） | 0%（0/3） |
| 冥 | 0%（0/29） | 0%（0/16） |
| 晶 | 0%（0/0） | 0%（0/1） |
| 星 | 99.14%（115/116） | 84.00%（21/25） |
| 參 | 5.31%（6/113） | 15.00%（12/80） |
| 晨 | 0%（0/0） | 0%（0/1） |
| 月 | 3.26%（110/3378） | 0.88%（17/1925） |
| 朔 | 72.12%（163/226） | 53.85%（42/78） |
| 朏 | 100.00%（2/2） | 0%（0/6） |
| 霸 | 0%（0/41） | 92.24%（107/116） |
| 朓 | 0%（0/0） | 0%（0/0） |
| 朒 | 0%（0/0） | 0%（0/0） |
| 姓 | 0%（0/0） | 0%（0/0） |
| 罕 | 0%（0/66） | 0%（0/1） |
| 仢 | 100.00%（1/1） | 0%（0/0） |
| 朢 | 2.15%（4/186） | 54.08%（53/98） |
| 碩 | 8.70%（4/46） | 0%（0/1） |
| 涒 | 100.00%（1/1） | 100.00%（1/1） |
| 霑 | 0%（0/0） | 0%（0/3） |
| 嫦 | 0%（0/0） | 0%（0/0） |
| 娿 | 100.00%（3/3） | 87.50%（7/8） |
| 氐 | 66.67%（2/3） | 28.57%（4/14） |
| 堣 | 33.33%（1/3） | 0%（0/14） |
| 鑴 | 100%（1/1） | 0%（0/0） |
| 斗 | 55.17%（18/29） | 17.61%（28/159） |
| 魁 | 0%（0/7） | 100.00%（1/1） |
| 辰 | 18.82%（51/271） | 16.90%（61/361） |

由上表可知有「歲、畢、艖、東、孛、日、旭、暘、晛、昵、晦、昴、星、參、月、朔、朏、霸、仢、朢、碩、涒、娿、氐、堣、鑴、斗、魁、辰」29 個字含有天文相關詞例，其中有 20 個字例中比例超過 30%，即「孛、旭、暘、晛、昵、晦、昴、星、朔、朏、霸、仢、朢、涒、娿、氐、堣、鑴、斗、魁」，若是同時兼顧比例母數須超過 10 條才具有可信數據的話，那麼僅有「孛、晦、星、朔、霸、朢、斗」7 字符合，如此看來，豈能稱《說文》中

天文用字多數具有天文義呢？實際上其天文義也不是一個常見的義項。若將上表分成出土、傳世兩文獻資料對照的話，則能發現含有天文義詞例的 29 字中，有 7 個是出土文物資料量反較傳世文獻資料為多者，分別為「畢、觿、東、參、霸、望、魁」，「旭、睍、彴、钂」4 字是未見於出土文物中的；「孛、暘、厏、昴、朏、碩、堨」7 字在出土文物中有詞例，卻未用於天文義者；東、魁 2 字則是見於傳世文獻中，卻未有天文義詞例者。上述結果，正說明兩件事，即詞義的演變和天文用字的轉變，如此則有必要討論究竟各天文用字其較頻繁使用的字義究竟是什麼？關於這項問題則待下面小節討論。

## 二、就本文收字方面

以下羅列全部天文用字，並透過傳世、出土文獻詞例數量及是否有天文義詞例，製成下表：

表 6-1-2-1：《說文》天文用字見於出土、傳世詞例中常見詞意表

| 字例 | 出土文物詞例數量 | 傳世文獻詞例數量 | 與星象有關係 | 與星象沒關係 | 附　註　說　明 |
|---|---|---|---|---|---|
| 示 | 18 | 135 | | V | 傳世文獻中多數作為顯現、展示之義，另有部分為地示即假借為「祇」字。出土文物中，以金文為多，且都用為人名。因此示字實未見有天文義者。 |
| 祟 | 1 | 10 | | V | 傳世文獻中均是做為祭祀之用，出土文物中僅一例，亦是做為祭祀義，故此字實未見有用為天文者。 |
| 物 | 67 | 601 | | V | 傳世文獻中多用為萬物一義，出土文物中則多指物品，故此字實未見有天文義。 |
| 歲 | 290 | 272 | V | | 傳世文獻中多用作計時單位「一年」的用法，出土文物也與傳世文獻相同多數詞例均為計時單位，可知歲作天文義者為少數。 |
| 昝 | 0 | 0 | | | 於出土、傳世資料未見相關詞例，所以未能附加說明。 |
| 烏 | 42 | 31 | | V | 傳世文獻中有諸多用法，其中以地名與發語詞「烏呼」為多，出土文物亦以發語詞「烏呼」為多，其次是以「烏頭」等藥材名稱，此字多借為發語詞，實未見如同段注《說文》所言三足烏傳說，依照本文資料則「三足烏傳說」或為後代增衍而出的傳說。故此字實未見有天文義。 |

| | | | | | |
|---|---|---|---|---|---|
| 畢 | 55 | 136 | V | | 傳世文獻中多數作為「完成」義，亦有部分做「全部」義，出土文物中則多用為人名。畢字在出土文物中作為天文用法者，僅《睡虎地秦簡》、《關沮秦簡》、《馬王堆漢墓》三者，前二者均為戰國晚期至秦代，馬王堆則遲至漢代，而上述三者均為時代較晚的資料，故筆者疑畢字或在戰國晚期時，才有天文用法，然而本文蒐集出土文物資料仍有不足，故此處僅能存疑。 |
| 觽 | 13 | 7 | V | | 傳世文獻中多作為解結用的角觽，出土文物中則多數作為官名「尉觽」二字使用，用於天文者則屬少數用法。 |
| 槫 | 0 | 0 | | | 出土、傳世材料中未見相關詞例，因此未能附加說明。 |
| 杲 | 1 | 2 | V | | 傳世文獻中僅見「杲杲出日」一義，出土文物中僅一例是為人名，則杲字未見有天文之義。 |
| 杳 | 1 | 0 | V | | 杳字僅出土文物中一例，然而亦是作為人名使用，故未見天文用法。 |
| 杓 | 1 | 1 | V | | 傳世文獻僅見一例，是作為勺子使用。出土文物亦僅見一例，然而筆者難以釋其義，僅能依文物中前句「正月乙卯，四月丙午，七月辛酉，十月壬子，是胃（謂）召（招）舀（搖）。」[註2]斷其義為專有名詞，指涉某固定日。故此字未見有天文義。 |
| 桮 | 0 | 1 | V | | 詞例資料中僅見傳世文獻一義，義為「鋪在不平處的踏板」[註3]，未見其用為天文義者。 |
| 東 | 263 | 1129 | V | | 傳世文獻中多數作為方位詞東方之義，出土文物與傳世文獻相同均是作為方位詞，總數 1300 多的詞例資料中，僅《睡虎地秦簡》與《曾侯乙墓》漆箱蓋共 3 例作為天文用法，此外單獨使用「東字」簡稱東壁僅出現於《睡虎地》中是為孤證，仍需其他資料補證說明。 |
| 烾 | 0 | 0 | | | 未能見相關詞例資料，故此處略而不論。 |
| 孛 | 3 | 16 | V | | 傳世文獻中多數作為天文義使用，出土文物中則多用為人名。因此，筆者疑其「星孛」一詞或與碩字之「隕石」、「隕星」相同均屬較晚出之詞。 |
| 日 | 892 | 1408 | V | | 傳世文獻與出土文物中詞例多數均為時間單位「某日」的用法。 |

---

〔註 2〕睡虎地秦墓竹簡處理小組：《睡虎地秦簡》，頁 377。（簡 137 背，日書甲）

〔註 3〕可參考教育部異體字字典，http://dict2.variants.moe.edu.tw/variants/rbt/word_attribute.rbt?quote_code=QjAxNzE4

| 旭 | 0 | 3 | V | | 詞例資料中僅有傳世文獻中的兩條，一為旭日，另一為疊字形容詞「旭旭」。 |
|---|---|---|---|---|---|
| 暘 | 1 | 3 | V | | 傳世文獻有 3 例，其中兩例為晴天之義，出土文物僅有一例，然則亦是假借為陽之用法。 |
| 啓 | 0 | 0 | | V | 未見詞例資料，無法說明。 |
| 暘 | 1 | 0 | | V | 僅見出土文物一例，然而卻是做為假借用法，為「賜」之義，因此暘字未見有天文用法。 |
| 晛 | 0 | 2 | V | | 所見文獻中僅用為天文，故此處不在贅述。 |
| 晢 | 0 | 0 | | | 未見詞例資料，無法說明。 |
| 暈 | 0 | 6 | V | | 傳世文獻中所引各字均為照段注本《說文》而出的煇字，實則多為輝之意，即光輝。故此字未見有天文義。 |
| 昳 | 10 | 4 | V | | 傳世文獻中的用法均為天文，出土文物中多數用為人名使用。然而出土文物中有假借為「側」字者，故疑傳世文獻用法或是從此而出，而昳字實應當為日側。 |
| 晦 | 17 | 40 | V | | 傳世文獻中多數為天文用法，為月盡晦暗不明，然而此用法多出現在三傳（春秋左傳、公羊傳、穀梁傳）中，出土文中則多用為晦暗義。又出土文物中僅馬王堆以後文獻用為天文義，時代較前者，均用為晦暗之義，可知月相一義或是至漢代才有此種用法。 |
| 昴 | 1 | 4 | V | | 傳世文獻中多用為天文義，出土文物中僅有一例，是作為地名使用。依照詞例資料，筆者懷疑昴字當作天文義使用或許遲至傳世文獻時才有。 |
| 曁 | 3 | 50 | | V | 傳世文獻中曁多為動詞至義、及義之用或連接詞「與」使用，並未見有天文義涵，出土文物作為「既」字是假借用法，因此，曁字未見有天文用法。 |
| 冥 | 16 | 29 | | V | 傳世文獻中多用為晦暗無光之義，出土文物多用為幽暗無光義，有一部分則為假借「螟、冪」二字使用，因此詞例資料中未見有天文義者。 |
| 晶 | 1 | 0 | | V | 出土文物中僅見一例，字形作晶，但文物中斷句為數字「參」之用法。故此字未見有天文用法。 |
| 星 | 25 | 116 | V | | 傳世文獻中均作為天文義使用，出土文物中，亦多用為天文義。 |
| 參 | 79 | 113 | V | | 傳世文獻中多用作數字「三」使用，出土文物也與傳世文獻相同，亦多做數字「三」使用。 |

| | | | | | |
|---|---|---|---|---|---|
| 晨 | 1 | 0 | | V | 詞例資料中僅見出土文物一例，其字釋作「晨」字，然而筆者據字形隸定為晨字，故有此一例。此字據上下文推勘在出土文物中可釋作「晨」無疑，故未見此字用為天文者。 |
| 月 | 1925 | 3378 | V | | 傳世文獻中多用為計時名稱「某月」之義，出土文物與傳世文獻相同，亦多用為計時單位。 |
| 朔 | 78 | 226 | V | | 傳世文獻中多用為天文義，另有一部分用為地名、人名，如朔方、河朔、鞏朔等。出土文物多數用法亦是天文義，然而作為指稱時間的「朔日」一詞，亦有許多詞例。 |
| 朏 | 6 | 2 | V | | 傳世文獻中均為天文義，出土文物中多用作人名，未見有天文用法。從詞例資料來看，則朏字用為天文義，當較為晚出，至《尚書》時方有其用法。 |
| 霸 | 116 | 41 | V | | 傳世文獻中多做為霸主、稱霸之義，出土文物中多作為天文義使用，如「生霸、死霸」。 |
| 朓 | 0 | 0 | | | 未見相關詞例資料，無法說明。 |
| 朒 | 0 | 0 | | | 同上 |
| 姓 | 0 | 0 | | | 同上 |
| 罕 | 1 | 66 | | V | 傳世文獻中多用「罕」，而其義多為人名，出土文物僅見一例，是為稀少之義，故罕字未見有天文義。 |
| 彴 | 0 | 1 | V | | 詞例資料中僅見《爾雅》一例，其義為天文，已在第四章討論過，故此處不再說明。 |
| 望 | 98 | 186 | V | | 傳世文獻中多用望字，且多做眺望、遠望之義。出土文物中多用為天文義，其中又有一部分為人名、假借「忘」字等用法。 |
| 磒 | 1 | 46 | V | | 傳世文獻中多數為落下義，出土文物僅見一例，作為動詞失去使用。然而若照詞例資料推演，則「磒（隕）石」、「隕星」兩詞均較晚出，但由於出土文物資料仍有所不足，故筆者此處僅能存疑。 |
| 涒 | 1 | 1 | V | | 傳世文獻中僅用為天文，出土文物與傳世文獻相同均用作「涒灘」一詞，是為天文義。 |
| 霃 | 3 | 0 | | V | 出土文物多數作為地名使用，故未見其用為天文者。 |
| 嬬 | 0 | 0 | | | 未見相關詞例，故此處將不說明。 |
| 婺 | 7 | 3 | V | | 傳世文獻3例都用為「星名」，屬天文義，出土文物亦多是作為「婺女」使用。 |

| 氏 | 13 | 3 | V | 傳世文獻多用為天文義，僅 1 例為氏族。出土文物以地名、天文用法、假借用法（抵、柢）為多，均為 3 例。 |
|---|---|---|---|---|
| 堳 | 14 | 3 | V | 傳世文獻中多為山旁之堳，其義多為「崵夷」，即「堳夷」。出土文物中堳字多作為「遇」之假借用法，未見「堳夷」二字。 |
| 鑴 | 0 | 1 | V | 文獻中僅用為天文義使用，已於上述章節提及，此處則不再多做說明。又此字僅見《周禮》一例，出土文物中均無此例，疑其或為後世另造一字，以配其義。 |
| 斗 | 158 | 29 | V | 傳世文獻中多作為天文義使用，出土文物中多用作量詞「斗」使用。 |
| 魁 | 1 | 7 | V | 傳世文獻中多用為領袖之稱，僅 3 例，其他部分則分屬多義，出土文物中僅見一例，其亦是作為天文義「九魁」使用。 |
| 辰 | 361 | 271 | V | 傳世文獻中多為干支，以用來計日，出土文物中多數與傳世文獻相同用為干支義。 |

　　上表可見本文所收各字在傳世、出土文獻中最常出現的詞義用法，此外，筆者想特別說明一件事情，月的詞例數量總和為 5305 例，本文總收錄詞例數為 12969 例，也就是說月字詞例數量接近本文收錄詞例數的一半，而那近一半的詞義多數是計時單位，日字、歲字亦同，此項情形正是在說明「天文」對於時間很重要，也證明了從曆法角度切入確實有其重要性，關於這點是不能否認的。統計本文中為單字即可表達天文義者有，歲、畢、東、孛、日、晛、昒、晦、昴、星、參、月、朔、朏、霸、朢、氏、鑴、斗、辰共 20 字；需組成詞組方能表達天文義者有觿、旭、暘、彴、碩、涒、婺、堳、魁共 9 字。若以天文義使用頻率分成僅作、多作〔註4〕、偶作、不作四類，則其中僅作天文義者有晛、昒（傳世）〔註5〕、昴（傳世）、星（傳世）、朏（傳世）、彴（傳世）、涒、婺（傳世）、鑴（傳世）、魁（出土）〔註6〕共 10 字；多作者有孛（傳世）、晦（傳世）、星（出土）、朔、霸（出土）、朢（出土）、婺（出土）、氏（傳世）、斗（傳世）共 9 字；偶作者有歲、畢、觿、東、日、旭、暘、參、月、朢（傳世）、碩、氏（出土）、堳、斗（出土）、辰共 15 字；不

---

〔註4〕比例超過 50%者，即稱為多作。
〔註5〕括號中意即昒字詞例中傳世文獻部分，以下標示均相同。
〔註6〕括號中即魁字出土文物部分，以下標示均同。

作者有示、祟、物、烏、杲、杳、杓、棓、暘、暈、暨、冥、晶、晨、罜、霙共 16 字。若僅依上述方面整理資料，則會忽略在各文物中未見詞例資料者，據此標準又可分成三類，兩者均未見、未見於傳世文獻、未見於出土文物[註7]，兩者均未見者有瞥、榑、叜、啓、曹、朓、朒、姓、嬙共 9 字；未見於傳世文獻者有杳、暘、晶、晨、霙共 5 字；未見於出土文物者有棓、旭、晛、暈、杓、鑴共 6 字。透過上表說明部分和上述論述可以發現畢、字、旭、厏、晦、昴、朏、碩、堣 9 字是屬於較晚出才有天文義者，此項結論正與三、四、五章論及《說文》、出土文物及傳世文獻天文義記載關係時一樣，均是《說文》最多、傳世文獻次之、最後才是出土文物，也正是說明三者的時代關係。最後可藉由上述資料彙整成一張表格，藉以方便理解各字用於天文義的頻率、資料不足之處與晚出天文義之字例。

表 6-1-2-2：《說文》天文用字與天文義整理表

| 類　別 | 字　例 | 總計 |
|---|---|---|
| **天文義的頻率** | | |
| 僅作天文義 | 晛、厏（傳世）、昴（傳世）、朏（傳世）、杓（傳世）、涒、婺（傳世）、鑴（傳世）、魁（出土） | 9字 |
| 多作天文義 | 字（傳世）、晦（傳世）、星、朔、霸（出土）、望（出土）、婺（出土）、氐（傳世）、斗（傳世） | 9字 |
| 偶作天文義 | 歲、畢、觿、東、日、旭、暘、參、月、望（傳世）、碩、氐（出土）、堣、斗（出土）、辰 | 15字 |
| 不作天文義 | 示、祟、物、烏、杲、杳、杓、棓、暘、暈、暨、冥、晶、晨、罜、霙 | 16字 |
| **未見詞例資料者** | | |
| 兩者均未見者 | 瞥、榑、叜、啓、曹、朓、朒、姓、嬙 | 9字 |
| 未見於傳世文獻者 | 杳、暘、晶、晨、霙 | 5字 |
| 未見於出土文物者 | 棓、旭、晛、暈、杓、鑴 | 6字 |
| **天文義晚出者** | | |
| 後出者 | 畢、字、旭、厏、晦、昴、朏、碩、堣 | 9字 |

〔註7〕此類多數為晚出字，至傳世文獻中才有使用的實例。

## 第二節　未來展望

筆者透過對各章收字的理解，和《說文》說解義的關聯，推導出一個「可能原因」[註8]，由於日為太陽變化，日出日落，週期僅為一天；月為月亮盈缺，有朔、望等月相變化，週期為一月，與太陽相比則難以盡述，因此月字擁有更多可供描述的義涵；星則又更加擴大，有光等、大小、形狀等不同變化，又比月亮更難以描述，因此造成星部字分散在各個部首中，此外分析與星字相關諸字，便會發現各字雖然具有天文義，卻僅停留在星名上，且多為假借義，而非專字專義；再者，從時代的角度切入，以 28 宿星名為例，出土文物中記載 28 宿星的有三處，分別為曾侯乙漆箱蓋、《睡虎地秦簡》、《關沮秦簡》，藉由與傳世文獻中的記載比較，可以發現後兩者文物與文獻中幾乎相同，而與曾侯乙漆箱蓋則有所出入，此種情形筆者認為是說明 28 宿名稱的過渡，亦即分成戰國早期至戰國晚期和戰國晚期到漢代兩個階段；與此相似，可以發現漢代記載的星星數量較出土文物增加許多，造成以上情形，原因可能是漢代流行讖緯之學和出土文物並非全面而有所遺漏，或是未能觀測星星，即便能觀察星星也因戰國時期擁有天文知識者過少，因此未有深入認識，故未有星星的記載。然而，上述推論由於缺乏諸多實證，如同上一節的諸多說明亦僅能存疑，但是本文並非僅存有疑惑，未能有肯定的證據。據出土文物資料分析，扣除學者確定為「含有天文篇章的文物資料」[註9]，則天文詞例數仍有 294 筆，占總數（433）的 67.90%，此即本文實際貢獻的一部份，亦即本文多提供了 67.90%的資料來源。筆者闡述這些說法與成果，旨在強調本節討論的重點正像上述所提供的說法，有存疑者、亦有肯定者，正是由兩者交互影響而有了新的觀點、新的詮釋角度，也因此才有了另一種角度可以觀看。本節共分成天文定義、古代天文全貌、整理的時代、後出轉精四點說明。

### 一、天文定義方面

筆者已在緒論時稍稍說明現代天文學史的不足，這一點也成為了本文撰寫

---

〔註8〕由於未能有足夠證據證明，僅能從目前所見資料理解、整理、彙整出這一較有可能性的結果。請注意，是為「較有」並非直接說明即為此種因素。

〔註9〕指的是《關沮秦簡》日書、《楚帛書》、《睡虎地・日書》、《馬王堆・天文雲氣雜占》、《馬王堆・五星占》等篇章。

的動機，天文學史中很容易因為傳世文獻說了什麼天文事情，就將其寫入天文學史中，也是因為天文學史說的太過肯定，讓筆者實在不得不懷疑，因此需要重新審思天文學史說法是否太過果決。關於這一點實際上仍需要有更多資料補足，然而本文亦只是個初步，尚需其他前輩、同儕、後進等，多多深入研究。

## 二、古代天文全貌

此乃是沿襲著第一點而來，由於天文學史的不足，缺乏出土文物資料，因此對於古代天文全貌一事，筆者認為仍有極大的進步空間，天文學史僅從部分資料看到天文，多數資料仍未齊全，因此勢必需要有人從一點一點開始寫起，此舉並不是讓人從極有限的資料中去了解天文，而是將天文存在各資料的部分聚集起來，進而重新或是再次建構古代天文，藉以讓人一窺古代天文全貌。

## 三、整理的時代

本文撰寫實際上有賴於諸多文字編的編纂，然而天文何嘗不能作為一個主題編纂呢？就本文所收各項資料中可見，仍有許多部分為文字編遺漏的詞例，因此更優秀的方案應當是回到文物本身，並非藉由文字編作為輔助工具。此外，筆者認為目前出土文物資料眾多，卻未見有人深入整理，甚至是編纂一整部的「大辭典」〔註10〕，筆者深感在這個時代中，確實是需要有人整理文物資料，以完前輩學者知情卻力未能及之處，但不容否認此舉勢必會是一場龐雜、費時的工作，然而無論如何艱辛，整理文物、文獻的工作仍需要有人參與。

## 四、後出轉精

筆者故意將這個方面置於最後，乃是希望有更多的研究者，能夠突破本文的後見〔註11〕並使古代天文研究能夠往前邁進。因此，此點中將著重於描述本文所未能蒐集完成的資料，和《說文》中未完備且尚待發展的部分。

### （一）天文未完

本文蒐集的傳世文獻資料中，僅從十三經著手，尚未能有餘力搜索史書部

---

〔註10〕意指楚系文字辭典、秦系文字辭典或是楚、秦文化典之類的。

〔註11〕筆者認為凡是寫作出的論文，在某種程度上都帶有一點後見，有些時候作者本身是知情的，更多時候作者是無意間流露出的，因此筆者希望後出者能看見並發現本文的後見，同時增加更多的立足點，已完成你／妳的可能性。

分,亦未能引用及先秦諸子思想,更未能使用《楚辭》、漢賦等文學書籍;出土文物部分亦然,尚缺乏上博簡〔註12〕、嶽麓簡〔註13〕、放馬灘秦簡、敦煌漢簡、武威漢簡、汗簡等,因此則本文仍有許多力有未逮的部分,尚需後出者接力補足。

## (二)說文未完

筆者曾於緒論言《說文解字》猶如一本百科全書,在撰寫完本文後仍感《說文》研究尚有許多可發展空間,如天文中的氣象尚未見相關論文,亦或是以職業作為主題,亦或可從社會學的角度切入討論、或可從心理學的角度探討,總括而言。筆者認為此時代中的《說文》研究,或許可從更多方面涉入,並非是僅能從固定角度討論。

綜上所述,已言及本文之諸多不足,無論是材料、探討角度等方面,均須待後出者詳加開創。筆者認為研究本身即是一種討論過程,藉由懷疑、存疑而至質疑,使得問題被突顯,導致學習上能更有興趣,同時亦能豐富學術的多面向討論,因此冀望並等待更多前輩、後進,能夠進入天文學這個領域,並加深、加廣古代天文的研究範疇,而非僅限於天文學史所舉證的幾個例子之中,進而使天文學研究、《說文》研究能更臻於完善。

〔註12〕指在第二冊後的上博楚簡。
〔註13〕指在第一冊後的嶽麓秦簡。

# 參考文獻

一、**古籍**（依作者年代遞增排序）

1. 〔漢〕孔安國傳，〔唐〕孔穎達正義：《尚書》（十三經注疏阮元校勘本，臺北：藝文印書館，1989 年 1 月）。

2. 〔漢〕毛公傳、鄭玄箋，〔唐〕孔穎達正義：《毛詩》（十三經注疏阮元校勘本，臺北：藝文印書館，1989 年 1 月）。

3. 〔漢〕許慎撰，〔清〕段玉裁注：《說文解字注》（上海：上海古籍出版社，1981 年）。

4. 〔漢〕鄭玄注，〔唐〕賈公彥疏：《周禮》（十三經注疏阮元校勘本，臺北：藝文印書館，1989 年 1 月）。

5. 〔漢〕鄭玄注，〔唐〕賈公彥疏：《儀禮》（十三經注疏阮元校勘本，臺北：藝文印書館，1989 年 1 月）。

6. 〔漢〕鄭玄注，〔唐〕孔穎達正義：《禮記》（十三經注疏阮元校勘本，臺北：藝文印書館，1989 年 1 月）。

7. 〔漢〕何休注，〔唐〕徐彥疏：《春秋公羊傳》（十三經注疏阮元校勘本，臺北：藝文印書館，1989 年 1 月）。

8. 〔漢〕趙岐注，〔宋〕孫奭疏：《孟子》（十三經注疏阮元校勘本，臺北：藝文印書館，1989 年 1 月）。

9. 〔魏〕何晏注，〔宋〕邢昺疏：《論語》（十三經注疏阮元校勘本，臺北：藝文印書館，1989 年 1 月）。

10. 〔魏〕王弼、韓康伯注，〔唐〕孔穎達正義：《周易》（十三經注疏阮元校勘本，臺北：藝文印書館，1989 年 1 月）。

11. 〔晉〕杜預注，〔唐〕孔穎達正義：《春秋左傳》（十三經注疏阮元校勘本，臺北：

藝文印書館，1989 年 1 月）。

12. 〔晉〕郭璞注，〔宋〕邢昺疏：《爾雅》（十三經注疏阮元校勘本，臺北：藝文印書館，1989 年 1 月）。

13. 〔晉〕范甯注，〔唐〕楊士勛疏：《春秋穀梁傳》（十三經注疏阮元校勘本，臺北：藝文印書館，1989 年 1 月）。

14. 〔唐〕元宗明皇帝御注，〔宋〕邢昺疏：《孝經》（十三經注疏阮元校勘本，臺北：藝文印書館，1989 年 1 月）。

15. 〔南唐〕徐鍇：《說文解字繫傳》（北京：中華書局，1987 年）。

## 二、專書（依作者姓名筆劃遞增排序）

1. 中國社會科學院考古研究所：《中國古代天文文物論集》（北京：文物出版社，1989 年）。

2. 中華文物研究所、湖北省文物考古研究所：《龍崗秦簡》（北京：中華書局，2001 年）。

3. 方勇：《秦簡牘文字編》（福州：福建人民出版社，2012 年）。

4. 王輝：《秦文字編》（北京：中華書局，2015 年）。

5. 古文字詁林編纂委員會：《古文字詁林（第一冊）》（上海：上海教育出版社，1999 年）。

6. 古文字詁林編纂委員會：《古文字詁林（第二冊）》（上海：上海教育出版社，2000 年）。

7. 古文字詁林編纂委員會：《古文字詁林（第三冊）》（上海：上海教育出版社，2004 年（二版））。

8. 古文字詁林編纂委員會：《古文字詁林（第四冊）》（上海：上海教育出版社，2004 年（二版））。

9. 古文字詁林編纂委員會：《古文字詁林（第五冊）》（上海：上海教育出版社，2002 年）。

10. 古文字詁林編纂委員會：《古文字詁林（第六冊）》（上海：上海教育出版社，2004 年（二版））。

11. 古文字詁林編纂委員會：《古文字詁林（第七冊）》（上海：上海教育出版社，2002 年）。

12. 古文字詁林編纂委員會：《古文字詁林（第八冊）》（上海：上海教育出版社，2004 年（二版））。

13. 古文字詁林編纂委員會：《古文字詁林（第九冊）》（上海：上海教育出版社，2004 年）。

14. 古文字詁林編纂委員會：《古文字詁林（第十冊）》（上海：上海教育出版社，2004 年）。

15. 古文字詁林編纂委員會：《古文字詁林（第十一冊）》（上海：上海教育出版社，2004 年）。

16. 古文字詁林編纂委員會：《古文字詁林（第十二冊）》（上海：上海教育出版社，2004

年）。

17. 朱文鑫：《天文考古錄》（上海：商務印書館，1933 年）。

18. 朱文鑫：《史記天官書恆星圖考》（上海：商務印書館，1934 年（二版））。

19. 朱文鑫：《歷代日食考》（上海：商務印書館，1934 年）。

20. 朱漢民、陳松長：《嶽麓書院藏秦簡（壹）》（上海：上海辭書出版社，2010 年）。

21. 江曉原：《天學真原》（瀋陽：遼寧教育出版社，1995 年）。

22. 吳哲夫：《中華五千年文物集刊——天文篇》（臺北：中華五千年文物集刊編輯委員會，1988 年）。

23. 李守奎：《楚文字編》（上海：華東師範大學出版社，2003 年）。

24. 李零：《中國方術考》（北京：東方出版，2001 年）。

25. 季旭昇：《說文新證（上）》（臺北：藝文印書館，2002 年）。

26. 季旭昇：《說文新證（下）》（臺北：藝文印書館，2004 年）。

27. 明文書局編輯部：《中國天文史話》（臺北：明文書局，1991 年）。

28. 武漢大學簡帛研究所、荊州博物館編：《秦簡牘合集（叁）》（武漢：武漢大學出版社，2014 年）。

29. 河南省文物考古研究所：《新蔡葛陵楚墓》（鄭州：大象出版社，2003 年）。

30. 金祖孟：《中國古宇宙論》（上海：華東師範大學，1991 年）。

31. 孫剛：《齊文字編》（福州：福建人民出版社，2010 年）。

32. 孫海波：《甲骨文編》（臺北：大化書局，1982 年）。

33. 容庚：《金文編》（京都：中文出版社・1986 年（五版））。

34. 荊門市博物館：《郭店楚墓竹簡》（北京：文物出版社，1998 年）。

35. 馬承源：《上海博物館藏戰國楚竹書（一）》（上海：上海古籍出版社，2001 年）。

36. 馬承源：《上海博物館藏戰國楚竹書（二）》（上海：上海古籍出版社，2002 年）。

37. 高魯：〈星象統箋〉（《國立中央研究院天文研究所專刊》，1933 年第二號）。

38. 常玉芝：《殷商曆法研究》，長春：吉林文史出版社，1998 年）。

39. 張培瑜：《中國古代曆法》（北京：中國科學技術出版社，2008 年）。

40. 張聞玉：《中國古代曆法講座》（桂林：廣西師範大學出版社，2008 年）。

41. 張聞玉：《古代天文曆法論集》（貴州：貴州人民出版社，1995 年）。

42. 曹謨：《中華天文學史》（臺北：臺灣商務，1986 年）。

43. 郭沫若：《石鼓文研究》（北京：科學出版社，1982 年（附詛楚文））。

44. 陳久金、楊怡：《中國古代的天文與曆法》（臺北：臺灣商務，1993 年）。

45. 陳久金：《斗轉星移映神州：中國二十八宿》（深圳：海天出版社，2012 年）。

46. 陳久金：《帛書及古典天文史料注析與研究》（臺北：萬卷樓圖書，2001 年）。

47. 陳松長：《馬王堆簡帛文字編》（北京：文物出版社，2001 年）。

48. 陳美東：《中國古代天文學思想》（北京：中國科學技術出版社，2007 年）。

49. 陳美東：《中國古星圖》（瀋陽：遼寧教育出版社，1996 年）。

50. 陳遵媯：《中國天文學史（第一冊）》（台北：明文書局，1988 年（二版））。

51. 陳遵媯：《中國天文學史（第二冊）》（台北：明文書局，1985 年（初版））。

52. 陳遵媯：《中國天文學史（第三冊）》（台北：明文書局，1987 年（初版））。

53. 陳遵媯：《中國天文學史（第四冊）》（台北：明文書局，1987 年（初版））。

54. 陳遵媯：《中國天文學史（第五冊）》（台北：明文書局，1988 年（初版））。

55. 陳遵媯：《中國天文學史（第六冊）》（台北：明文書局，1990 年（初版））。

56. 陳遵媯：《天文學概論》（上海：商務印書館，1939 年））。

57. 陸思賢、李迪：《天文考古通論》（北京：紫禁城出版社，2000 年）。

58. 湖北省文物考古研究所，北京大學中文系編：《九店楚簡》（北京：中華書局，1999 年）。

59. 湖北省文物考古研究所：《江陵望山沙塚楚墓》（北京：文物出版社，1996 年）。

60. 湖北省荊州市周梁玉橋遺址博物館編：《關沮秦漢墓簡牘》（北京：中華書局，2001 年）。

61. 湖北省荊沙鐵路考古隊：《包山楚簡》（北京：文物出版社，1991 年）。

62. 湖北省博物館：《曾侯乙墓》（北京：文物出版社，1989 年）。

63. 湖南省文物考古研究所：《里耶秦簡（壹）》（北京：文物出版社，2012 年）。

64. 湯餘惠：《戰國文字編》（福州：福建人民出版社，2005 年（二刷））。

65. 馮時：《中國天文考古學》（北京：社會科學文獻出版社，2001 年）。

66. 馮時：《天文學史話》（臺北：國家出版社，2005 年）。

67. 馮時：《出土古代天文學文獻研究》（臺北：臺灣古籍出版，2001 年）。

68. 馮時：《百年來甲骨文天文曆法研究》（北京：中國科學技術出版社，2011 年）。

69. 馮時：《星漢流年：中國天文考古錄》（成都：四川教育出版社，1996 年）。

70. 馮澂：《春秋日食集證》（臺北：臺灣商務印書館，1968 年）。

71. 新城新藏：《東洋天文學史研究》（上海：中華學藝社，1933 年）。

72. 睡虎地秦墓竹簡整理小組：《睡虎地秦墓竹簡》（北京：文物出版社，1990 年）。

73. 劉君璨：《中國天文學史新探》（臺北：明文書局，1988 年）。

74. 劉金沂：《中國古代天文學史略》（石家莊：河北科學技術出版社，1990 年）。

75. 劉昭民：《中華天文學發展史》（臺北：臺灣商務，1985 年）。

76. 劉韶軍：《中華占星術》（臺北：文津出版社，1995 年）。

77. 劉操南：《古代天文曆法釋證》（杭州：浙江大學出版社，2009 年）。

78. 滕壬生：《楚系簡帛文字編（增訂本）》（武漢：湖北教育出版社，2008 年）。

79. 潘鼐：《中國古天文圖錄》（上海：上海科技教育出版社，2009 年）。

80. 潘鼐：《中國恆星觀測史》（上海：學林出版社，1989 年）。

81. 鄭文光：《中國天文學源流》（北京：科學出版社，1979 年）。

82. 薄樹人：《中國天文學史》（臺北：文津出版社，1996 年）。

83. 饒宗頤、曾憲通：《楚帛書》（香港：中華書局香港分局，1985 年）。

## 三、學位論文（依作者姓名筆劃遞增排序）

1. 吳家鴻：《《詩經》與天文研究》（高雄：國立高雄師範大學經學研究所碩士論文，2008 年）。

2. 周惠菁:《由《說文》女部見古代女性的社會地位》（新竹：玄奘大學中國語文學系碩士論文，2004 年）。

3. 周鳳玲:《《說文解字》與古代天文學》（內蒙古：內蒙古師範大學碩士論文，2003 年）。

4. 梅政清:《中國上古天文學之社會文化意涵》（臺南：國立成功大學歷史學系碩士論文，2003 年）。

5. 梅政清:《天之文理——中國上古天文知識的變遷》（臺南：國立成功大學歷史學系博士論文，2011 年）。

6. 陳怡婷:《神話與《說文》相關字群之研究》（桃園：國立中央大學中國文學系碩士論文，2009 年）。

7. 陳雅雯:《《說文解字》數術思想研究》（臺南：國立成功大學中國文學系博士論文，2008 年）。

8. 彭慧賢:《殷商至秦代出土文獻中的紀日時稱研究》（臺南：國立成功大學歷史學系博士論文，2011 年）。

9. 黃百穗:《《左傳》的天文與人文》（臺北：國立臺灣師範大學國文學系碩士論文，2009 年）。

10. 薛榕婷:《《說文解字》人與自然類部首之文化詮釋》（臺北：淡江大學中國文學系碩士論文，2003 年）。

## 四、單篇論文（依作者姓名筆劃遞增排序）

1. 王平:〈《說文解字》中的宇宙天文思想〉,《北方論叢》2002 年第 2 期，頁 21～25。

2. 宋娜:〈《說文解字》日部字語義場研究〉,《鎮江高專學報》2013 年 26 卷 1 期，頁 18～20。

3. 李匯洲、陳祖清:〈《呂氏春秋》與中國古代天文曆法〉,《理論月刊》2010 年卷第 8 期，頁 67～69。

4. 周鳳玲:〈《說文解字》反映出的月相變化〉,《內蒙古師範大學學報（哲學社會科學版）》2005 年 34 卷 6 期，頁 116～117。

5. 陳亮:〈21 世紀《說文解字》文化研究綜述（一）〉,《湘南學院學報》2013 年 34 卷 6 期，頁 67～71。

6. 賈雯鶴:〈《說文解字》關於太陽循環記載的研究〉,《中南民族大學學報（人文社會科學版）》2003 年 23 卷 5 期，頁 52～56。

## 五、網路資源（依筆劃遞增排序）

1. 中央研究院歷史語言研究所金文工作室製作之「殷周金文暨青銅器資料庫」，http://www.ihp.sinica.edu.tw/~bronze/detail-db-1.php

2. 台灣師大圖書館，寒泉古典文獻全文檢索資料庫，http://skqs.lib.ntnu.edu.tw/dragon/

3. 教育部異體字字典，

http://dict.variants.moe.edu.tw/main.htm

4. 教育部重編國語辭典修訂本，
http://dict.revised.moe.edu.tw/cgi-bin/cbdic/gsweb.cgi?ccd=xYLVpW&o=e0&sec
=sec1&op=v&view=0-1

5. 漢籍電子文獻資料庫——漢籍全文資料庫（斷句十三經經文），
http://hanchi.ihp.sinica.edu.tw/ihp/hanji.htm